Drž hubu a pádluj!

vodácké povídky
vítězů literární soutěže

Ilustrace © Pavel Talaš
ISBN 978-80-88298-01-4

Drž hubu a pádluj!

vodácké povídky

Věnováno autorovi vodácké bible,
Zdeňku Šmídovi

Předmluva

Tisíce vodáků zažívají denně na českých řekách malá dobrodružství. Na vodě se vám může přihodit mnohé, počínaje příjemným cvaknutím uprostřed horkého slunného dne až po situace, kdy jde doslova o zdraví. Voda prověřuje letitá přátelství, rozděluje nerozlučné dvojice a nové tvoří. Na vodě se málokdo stihne nudit.

Trampové mají svou literární soutěž Trapsavec, která za 37 let svého trvání již odchovala stovky nadějných psavců a přetvořila je ve kvalitní autory. Kéž by vodácká literární soutěž Kenyho VOLEJ spěla ke stejnému osudu. Ale to záleží především na vás píšících vodácích, kteří se jí svěřujete se svými vodáckými radostmi i strastmi. Nenechávejte si je pro sebe, ať můžeme za dlouhých zimních večerů vzpomínat na řeky a těšit se na další léto, alespoň na chvíli zaslechnout ozvěnu kytar od večerních ohňů, řevu zabaláku na konci šlajsny, plesknutí pádla o vodní hladinu nebo šumu deště, marně se dobývajícího do stanu. Abychom nikdy nezapomněli, jak voní seno na podhorských lukách kolem horních toků a večery nad splavem s nebem plným hvězd. A možná i jak chutná rum, když celý den prší a vy jste se právě cvakli.

V době blahobytu a přepychových hraček, které hodně berou a málo dávají, na nás víc než kdy dřív záleží, jestli budeme poslední vodáckou generací. Tato kniha snad pomůže tomu, aby tahle krásná posedlost nezmizela s námi.

Pígo

Teče tudy řeka

„Tohle? Je tam zabalák!" zavyl Kejda. „Nikdy! Zastav! Vystupuju!"

„Nekecej a pádluj!" zaječel torpédoborec Magdalena. „Ber to rovně!"

Kejda mrsknul pádlo do lodi a připravil se ke skoku přes palubu.

„Sedni!" zavrčela Magdalena. „Sedni a drž klapačku! A vopovaž se skočit!"

Kejda se ještě stačil ohlédnout; vzápětí byl uzemněn a nasměrován za pádlem. Titanik se vcelku ladně přehoupl přes hranu jezu, na chvilku zaváhal, jako by si to ještě na poslední chvíli chtěl rozmyslet a pak se čumákem svezl pod jez. Magdalena hrábla vlevo, přehmátla, hrábla vpravo, pod kýlem se mihl obrovský zpěněný válec. Kejda zavřeštěl a zaťal pracky do bortů. Titanik proletěl vodní tříští, nechal se vynést vlnou, mělce se propadl, zhoupl a bravurně přistál kousek pod jezem. Kejda začal vzápětí velice nedůstojně zvracet.

„Tak co?" povídá žoviálně Magdalena.

Zelený háček se po ní vyčítavě ohlédl. „Tak nic," zaskřehotal.

„Tak vylez," doporučil mu kormidelník a šel se podívat, jak jde ostatním přenášení.

Abychom to neprotahovali, měli bychom si hned v úvodu představit aktéry této nevšední kratochvíle; jednak proto, že jsou to hlavní hrdinové, jednak proto, že to stojí za to.

Kejda byl hodný, odvážný a sebevědomý mladý muž, pokud stál oběma nohama na pevné zemi. Když došlo na vodu, měnil se v suchozemskou krysu s žebříčkovou nervovou soustavou, kterou ještě k tomu tahal za sebou v kýblu. Poslední dobou stále častěji uvažoval o tom, proč když dobrotivý trampský pánbůh přiděloval lidem kamarády, obklopil ho smečkou šílenců, pro které bylo léto bez lodi hříchem a Kejda pro ně sloužil jako názorný příklad, jak hluboko může člověk klesnout, když se neskamarádí s živlem. Ale protože, jak už bylo řečeno, to byl jinak hodný a odvážný mladý muž, pochopil, že je zbytečné těm bláznům odporovat a rozhodl se léto prostě nějak přetrpět.

Titanik byla fialová příšera a na první pohled bylo jasné, že během letošní sezóny nebude mít co do vzhledu na řece konkurenci. Na druhý pohled se zdálo, že po pár metrech skončí stejně jako jeho o něco málo větší a starší jmenovec. Titanik vyrobil zjevně ve slabé chvilce Kejdův děd, jinak nadšený ctitel pramic. Loď proto vypadala jako sportovní vor; byla podobně široká, velmi stabilní a nesporně měla svůj osobitý půvab, který však zatím nikdo nedokázal najít. Měla dokonce i jistý šarm, ale nikdo nevěděl kde.

Řeka byla prostě řeka. Byla tu od nepaměti, valila se klikatými záhyby vpřed, nad ní svítilo slunce, kolem ležely lesy a louky, voněla létem, opalovacími krémy, vodou, repelentem a potem. Momentálně na ní a kolem ní kromě milionů komárů a jiné veselé havěti, která byla jednoznačně v převaze, žilo i pár desítek vodáků. S ohledem na ty komáry byly chvíle, kdy je řeka tiše obdivovala.

Kejdova kormidelníka si úmyslně nechávám na konec, protože i do děje vstoupil jako poslední. Pravda o Magdaleně byla vcelku prostá. Ostatní posádky kolem našeho hrdiny jely v tradičním složení: na zádi mužný, zarostlý a rozhodný kormidelník, na přídi krásný, nezarostlý a pištící háček. Kejda se dopustil osudné chyby v neděli 11. června v půl páté odpoledne, kdy se definitivně rozešel s jistou vážnou známostí. Rozcházel se s ní už od ledna, a tak z toho měl prasečí radost. Smích ho přešel téhož dne ve čtvrt na sedm, když mu došlo, že je nejen bez slečny, ale taky bez háčka a Titanik je tudíž bez pohonu.

K jeho cti – samozřejmě Kejdově, ne Titanikově – je třeba říci, že nezahálel a během následujících týdnů sháněl háčka úplně všude, inzerát v krajském deníku nevyjímaje. Háky lovil i ve vlaku cestou na řeku, na břehu, když čekali na lodě, v hospodě, na poště, ve smíšeném zboží i na nádraží. Lovil, ale neulovil. Jednu slečnu dostal sice až k řece, ale když spatřila Titanik, dostala škytavku a s hrůzou utekla. Kejda se nasupil, skočil do lodi, popadl pádlo a opsal několik ladných kružnic. Vytáhli ho z rákosí a ukázali mu, jak se ten nesmysl ovládá. Když ho takhle vytahovali pošesté, už mu to docela šlo a do večera se to skoro naučil.

Následující den večer byli o deset kilometrů a šest milionů komárů dál. Rozbíhala se první vzpoura háků a Kejda se radoval, že se ho to netýká. Začal razit odvážné heslo „správný háček sám sobě kormidelníkem," za což ho ten večer seřvali háci a následující den i kormidelníci, kterým se dámy začaly nemístně plést do řemesla. Nakonec Kejdovi všichni společně doporučili, aby si šel laskavě hledat vlastního háčka a je nechal radši na pokoji. Kejda se odplížil na cestu do hospody, která se mu stala osudnou. Z dálky zlomyslně šplouchala řeka a Kejda potkal své slunce.

Magdalena měla červené tričko s velkými černými puntíky, takže částečně opravdu připomínala sluníčko sedmitečné. V jedné ruce třímala omlácené pádlo, u opálených nohou jí ležel miniaturní báglík a v peněžence pět kaček šedesát halířů. Kejda ji zaregistroval v okamžiku, kdy podnapilému traktoristovi místního družstva už posedmé vysvětlovala, že když ji doveze do Hradce, dá mu pět korun na dřevo hned a zbytek po příjezdu na místo zatáhnou známí. Traktorista se smál a hledal, kde má ta hezká puntíkovaná slečna žihadlo. „Sluníčko" vzdychlo a pustilo se do vysvětlování poosmé. Kejda se rozhodl vzít osud do vlastních rukou. Do tábora se vrátil až po půlnoci; sice s monoklem od žárlivého traktoristy, který už považoval sluníčko sedmitečné za svůj soukromý majetek, ale také s Magdalenou. Nějak se mu podařilo vysvětlit jí, že jet stopem po řece je daleko zábavnější, i když v Hradci nebude za tři hodiny, ale za tři dny, a dokonce za to nebude chtít ani těch pět šedesát. Beruška chvíli uvažovala, pak vzala pingl a šli. Tak se stalo, že náš přítel Kejda ulovil svého háčka a dívka Magdalena našeho přítele Kejdu.

Magdalena byla strašlivý trest za všechny jeho dosavadní hříchy. Fascinovala ji voda a pokud se jejím řečem dala přičítat jakási váha, studovala kdysi kdesi na jakési vysoké škole vodařinu. Rozhovory prošpikovávala odbornými termíny, takže kupříkladu o řece občas hovořila jako o vodoteči. Její osobnost se vyznačovala nejrůznějšími úchylkami, z nichž ta nejmenší jí velela projet celou štreku až do Hradce, aniž by musela vystoupit jedinou nohou na pevnou zem. Stany, oheň a táboření vůbec přijímala jako nutné zlo. Když se přiblížil večer, řeka začínala temnět, vodníci šli spát, v zátočinách se převalovala mlha a komáří divize se chystaly na své večerní nálety, Magdalena začínala bušit pádlem do vody a vykřikovat: „Jsem na vodě proto, abych byla na vodě, a ne proto, abych furt lezla na břeh, ne?"

Není divu, že už po prvním dnu a pár společných kilometrech začal Kejda tiše šedivět. Za pár hodin nato už z Magdaleny šíleli všichni. Kormidelníci proto, že byla mnohem šikovnější, krásnější a tišší než jejich neurotičtí háci, kteří se občas zakusovali do bortů a měli tendenci opouštět lodě za jízdy. Háčci proto, že se odmítla zúčastnit jejich stávky a že na jejich adresu utrousila jedovatou poznámku, v níž se hovořilo o pocení krve a mrskání bičem. Okamžik pravdy však přišel až na jezu v Blatci.

Dokonce i kilometráže a jiné seriózní publikace se o tomhle jezu vyjadřovaly s úctou a k jeho jménu připojovaly působivé symboly lebek, vykřičníků a hrobů. Kdo byl normální, obešel ho i s lodí širokým obloukem. Voda, která se přes něj valila, mizela v černočerné hloubce a v napěněných válcích se vracela zpět do vývařiště. Ze břehu to vůbec nevypadalo špatně a nebezpečně; ten proud dokonce lákal a sváděl, protože Blatec se musel přenášet snad tři sta metrů dlouhou oklikou s několika schody a jednou velmi kluzkou náplavkou. Sedm pomníčků na břehu bylo přesvědčivým argumentem pro to, aby to člověk radši nezkoušel. Někdo s trochou fantazie si dovedl představit, jak u žulových soklů dřepí hejno vodníků a výhružně klapou pokličkami.

Lodě postupně přirážely a funící posádky vláčely své škunery po betonu. Kejda zkušeně zakormidloval do řady. Háček se po něm podíval a zuřivě zakontroval.

„Ty se s tím krámem jako chceš tahat, jo?"

Kejdův obličej byl jeden velký otazník.

„Povídám, jedem, ne?" Magdalena vypadala velmi, ale skutečně velmi odhodlaně.

Z otazníku se stal vykřičník. Kejda se otočil k černým výstražným prstům na břehu.

„Ještě se tam k nim vejdeš," ucedil.

Magdalena ho zpražila pohrdavým pohledem. Titanik byl ve střehu přesně uprostřed proudu.

„Každej rok na Dušičky ti sem přinesu věnec, jo?"

„Na tvým místě bych to nedělala," odsekla Magdalena a mohutně zabrala. „Aby tě tu nesežral hastrman." Načež zabrala podruhé.

„Zastav!" zaječel kormidelník a ohnal se pádlem. Háci na břehu se tiše zaradovali, že nenáviděná konkurence bude konečně po zásluze utlučena. Titanik se rázem stal centrem pozornosti. Lstivý háček se zachechtal a srovnal příď pěkně kolmo na černý jazyk. V tu chvíli Kejda poprvé seknul s pádlem.

„Tak zajedeme ke břehu, já vylezu a ty si dělej co chceš."

Dívka Magdalena se drsně zasmála a Kejdovi naskočila husí kůže. „Jedeme společně, ne?"

„Tak se aspoň vyměníme," navrhl nesměle Kejda. Titanik se zakymácel, protože háček se začal nadšeně drát na záď.

„Na břehu, jsem myslel," dodal, když Magdalena zaujala vyčkávací posez u zadní vzpěry.

„Jo, zajedeme ke břehu a ty zdrhneš," ušklíbl se nový kormidelník. „Sypej na svý místo!"

Nový háček se neochotně odplížil na příď a iniciativně dvakrát plácl pádlem do vody. Magdalena zabrala a Kejda poprvé uviděl Blatec v celé obludnosti. Včetně toho vodníka s poklicí.

„Tohle? Je tam zabalák!" zavyl Kejda. „Nikdy! Zastav! Vystupuji!"

„Nekecej a pádluj!" zaječel torpédoborec Magdalena. „Ber to rovně!"

Kejda mrsknul pádlo do lodi a připravil se ke skoku přes palubu.

Dál už to znáte.

Na jezu v Blatci nechal Kejda veškeré ideály i kormidelnickou kariéru a kousek za ním poznal, jak vypadá vodákovo peklo. Řeka ho tiše sledovala a trpěla společně s ním. Pod Magdaleniným kormidelnickým bičem a pádlem sice háček Kejda dosáhl netušených výkonů, ale s vodou ho to přesto nesmířilo. Už rozlišoval povely „zaber" a „kontra", dokázal se zavěsit na pádlo, věděl, jak se čeří voda v peřejích a poznal tragédii dlouhých olejů, z dálky rozeznal v proudu černé nebezpečné hřbety šutrů a klád, nevystupoval za jízdy, věděl, že koňadra je ta odporná mokrá šňůra, co mu leží u nohou a špricka je to, co Titanik bohužel nevlastní, nepištěl ve šlajsnách a dokonce i průzkum vrbiček u břehů časem přenechal vodnímu ptactvu. V půlnočních snech si přál sdílet osud všech porcelánů, marcipánů a tak podobně, na které není ječeno kvůli každé ptákovině a pro jistotu jim ani není přiděleno pádlo. Řeka ho v těch snech nesla líbeznými zátočinami ve vysokých listnatých lesích, kde mu z travnatých břehů místo ohavných cedulek kilometráže mávaly polonahé víly, mezi větvemi zlatě prosvítalo slunce a zpovzdálí vkusně zpívali elfové.

Jak se noc lámala k ránu a dalšímu drsnému dni, i Kejdovy sny se začínaly přibližovat realitě, i když realitě důstojné a neponižující. Z Kejdy se stával opálený svalovec, který drží pádlo halabala dvěma prsty, jede si na své kanoi strašlivými peřejemi, tu a tam zdolá nějaký ten vodopád a šlajsny sjíždí poslepu. Do rytmu ho při tom tiše povzbuzovala řeka, z dálky se ozýval jekot Indiánů a rudý bratr Vinnetou mu občas dělal háčka. Pak se Kejda většinou probudil.

Magdalenin výcvik, tvrdý, nelítostný, ale účinný, se u ostatních háků setkal s opovržením, u kormidelníků se mu však dostalo náležité pozornosti a našli se i tací, kteří se pokusili zavést na své lodi podobné pořádky. Se zlou se potázali a jejich rozzuření háci si pak svůj vztek vybíjeli na nevinném Kejdovi. Když hádka jednoho dne nabrala nevídané obrátky a Kejdovi bylo kromě jiných zločinů vyčteno i to, že se dal bez boje sesadit z kormidelnického trůnu a nechává toho otrokáře za sebou, aby si s ním dělal co chce, Magdalena se nahvízdla. Při nejbližší pauze vylezla z lodi, protáhla se a jako by se nechumelilo, vlezla si na Kejdovo místo.

Háček Kejda zkoprněl a i ostatní posádky zpozorněly. Nemá smysl popisovat tu dlouhý dialog, který se vzápětí odehrál, nehledě na to, že šlo převážně o Kejdův monolog a že se odehrával jen mezi ním a Magdalenou. Bědující, nešťastný a oklamaný Kejda sice na přídi trpěl a dával to nepokrytě najevo, jenže i on už propadl oné zhoubné myšlence, že pánem lodi je kormidelník a nechtěl se za žádnou cenu stát na Titaniku kapitánem. Nebyl tu už nikdo, s kým by se ještě mohl vystřídat a on dobře tušil, že získat na této lodi autoritu bude těžké. Magdalena zarytě mlčela; výcvik háčka Kejdy skončil a těžko mu mohla dát víc.

„Za chvilku jsme v Hradci," zasyčela nakonec, „já konečně vypadnu a ty stejně pojedeš dál sám, tak nemel a sedej. Kvůli pár metrům přece nebudeme dělat takový šaškárny a běhat tu jak veverky." Kejda bezmocně vzdychl a naskočil, Titanik zasténal a Magdalena popadla pádlo. Ostatní posádky zavrtěly hlavou a zvědavě vyrazily za nimi. Řeka si zamnula vlnami a v předtuše nevídané zábavy je nadšeně spláchla o kilometr níž, kde se od břehu k břehu rozkročil první hradecký jez.

Tři jezy v Hradci by si zasloužily svou samostatnou kapitolu. My jen můžeme konstatovat, že všechny byly za jistých okolností a pro některé typy vodáků – tedy hazardéry – průjezdné, přibližně stejně nebezpečné a nepříjemné na přetahování. Jejich výhoda byla v tom, že se rozložily na poměrně krátkém úseku, takže dostatečně odvážná posádka měla pocit, že jede po schodech. Nevýhoda byla zase ta, že všechny kozy šlajsen a břehy byly plné čumilů.

„Na tyhle jezy," řekla Magdalena kousek před tím prvním, „je jeden starej dobrej fígl. Hned támhle," ukázala na náplavku, „to vybejčit nahoru, sehnat kolejda nebo starej kočárek a celý to objet po cestě až pod ten třetí jez. Potíž je, že tenhle krám žádný kolejda neuvezou."

„Já tě nepoznávám," řekl Kejda. „Ty a nosit? Ty bys nepřenášela ani Niagarský vodopády."

Magdalena se otočila. „To já kvůli tobě," špitla. „Nemám jít dozadu?"

„Nenamáhej se," doporučil jí drsně kormidelník. „A drž se pádla, pojedeme z kopce."

Kejda o tom později mnohokrát přemýšlel a uvažoval, co ho do hradeckých šlajsen tak hnalo. Nakonec našel důvod, který se všude setkával se zaslouženou pozorností. Byl totiž tak stupidní, že ho mohl vymyslet skutečně jen on ve stavu nejvyšší tísně. „Magdalena mě naučila jednu jedinou důležitou věc," vykládal Kejda a hrál haura, „a sice sjíždět všechno a za každou cenu. Bagáž ať si třeba uplave, my ať se klidně zabijem, ale hlavně že jsme to chtěli sjet!"

„Hele, počkej, neblbni," zvýšil hlas háček. „Fakt, Kejdo, počkej, tohle…"

„Nekecej a pádluj!" zavrčel kormidelník. „A zaber!"

„Jak myslíš," zasyčela Magdalena. „Jen tak mezi náma, všichni ostatní to tahaj a nikdo není tak blbej, aby se po tobě opičil, ty troubo! A když už se chceš zabít, tak aspoň zastav a já vylezu!"

„To by se ti líbilo, co? Sedni!" zařval Kejda a srovnal kurs.

„První jeď vpravo, druhej uprostřed a třetí zase vpravo. Mezi druhým a třetím vlevo šutry," řekl klidně háček a pevně chňapl pádlo. Sto metrů před přídí už spokojeně řval první jez.

„Hlavně neječ a nevystupuj mi za jízdy," ucedil kormidelník a háček se zatetelil štěstím.

Titanik se zatetelil hrůzou a odhodlaně vyrazil smrti vstříc.

Následující minuty prožili v otevřených chřtánech pekla, kdy se pod kýlem míhaly ocelové retardéry, kolem letěly kamenné stěny, vedlejší proudy snášely jejich loď k rozbitým břehům a oni se mohutnými záběry traverzem vraceli zpátky do hlavního proudu, mizeli v ledové tříšti a zase vyjížděli na zpěněných vlnách, ze šlajsen jim mávali rozjásaní čumilové a ze břehu je zděšeně pozoroval zbytek party. Byly chvíle, kdy Kejda doufal, že to zvládnou a že se neudělají; v několika světlých okamžicích tomu věřila i Magdalena. Bylo by to blbý, uvažoval chladnokrevně Kejda mezi jednotlivými záběry pádlem, kdyby měl první furiantskej výstup v mým životě skončit někde na hřbitově. A kdybych navíc zabil i tuhle strašidelnou holku…

Během minulých třech dnů netoužil po ničem jiném. Chtěl ji stokrát umlátit pádlem, přivázat k šutru a hodit někam do tůně, pověsit na nejbližší větev a upálit na táboráku, ale teď ho napadlo, že by jí možná přece jenom byla škoda…

Někdo by snad čekal, že tahle historka bude pokračovat jedním hlubokomyslným rozhovorem, oddacím listem a pochodem z Lohengrina. Bylo by to jednoduché; a svatební cesta na nějaké rozvodněné říčce v horách by byla také dostatečně efektní. Jenže následující rozhovor byl všelijaký, jen ne hlubokomyslný a posádka Titaniku ho nevedla mezi sebou, ale s opáleným pánem v oranžové větrovce se lvíčkem na prsou, který na ně čekal pod třetím jezem.

„Že ty, to ještě celkem chápu," řekl unavené Magdaleně, „ale co tenhle zoufalec? Jak dlouho jsi ho k tý jízdě musela přemlouvat?"

Kejda po něm šlehnul pátravým pohledem a vylíval si vodu z kecek.

„To on sám," řekl háček.

„Vy jste do ní zamilovanej?" zeptal se pán trochu nelogicky.

„Já jí nenávidím," řekl vztekle Kejda, který už byl zase ve své kůži. „A vůbec, co je vám do toho?"

„Nic," řekl pán. „Já jsem jenom její trenér."

„Tak jí příště dejte nějaký prachy, ať si jezdí autobusem," poradil mu Kejda. „Moment," zarazil se. „Trenér čeho?"

„Kanoistiky," řekla Magdalena.

Kejda zalapal po dechu. „Tohle se učí jezdit na kanoi, jo?" vycenil zuby.

„Tohle," řekl pán trochu namíchnutě, „má doma docela solidní sbírku medailí z různých soutěží. Sem přijela na soustředění. A vám bych, mladý muži, doporučoval, abyste jí neříkal ‚tohle', protože kromě toho, že jsem její trenér, tak jsem taky její otec."

Kejda se zasmál. „Jestli vy jste její otec a ona reprezentuje tuhle zatracenou republiku v čemkoliv jiným než skákání do řeči a vrhání stínu, tak na místě sežeru svý boty."

Magdalena hrábla do pinglu a podala mu kudlu. „Na podrážky," řekla roztomile.

„A zatímco budete svačit, mladý muži," řekl pán ještě roztomileji, „tak uvažujte o tom, co vám teď řeknu. Po tom, co jsem vás viděl, vám nabízím místo v reprezentačním týmu. Jo," podíval se zírajícímu Kejdovi do vytřeštěných očí, „v národním družstvu týhle zatracený republiky."

Ten prachobyčejný výstřižek z novin můžete dodnes najít v mnoha cancácích, vandrovních knížkách, osadních kronikách a zápiscích vodáckých oddílů. Stručná zpráva neobsahuje nic víc a nic míň, než že dvojice ve složení kormidelník Kejda & háček Magdalena obsadila 1. místo v deblkanoích na následujících letních olympijských hrách.

Jinak ale všechno zůstalo při starém. Jeden kormidelník zkrátka našel svého háčka a háček svého kormidelníka.

Eva Obůrková – Šklíba

Jak jsem nastupoval do kánoe

Sbalil jsem dívku. Nějaká Běta Srklá. Abych ji oslnil, sbalil jsem ještě ruksak. A také kánoi, dvě pádla, tři kila a vzal ji na vodu. Elektrické piáno jsem nebral, neboť blbý nejsem. Prolezl jsem totiž chytře celou loď předem a žádná zásuvka v ní nebyla.

Vodáckého průvodce jsem přečetl kompletně celého včetně účtenky. Jsa náležitě připraven, zkušeně jsem vyrazil. Posadil jsem slečnu na *háčka* a džentlmensky jí nabídl, ať se v klidu opaluje, že chvíli popádluju sám. Když jsem opsal asi dvacátou kružnici, došlo mi, že lépe bude pádlo přehazovat a pádlovat střídavě po obou stranách. Rázem to šlo a vyplul jsem krásně rovně.

Po dvou hodinách dřiny jsem zjistil, že řeka teče opačným směrem. Přítelkyně prohodila něco o idiotech, ale nikdo v tu chvíli proti nám zrovna neplul, tak nevím, koho tím myslela.

Přišly první peřeje. Srklou jsem vysadil s varováním, že je to nebezpečné a tudíž pro mne jak stvořené. Jmenovalo se to tam *Stvořidla*. Neohroženě jsem vyrazil. Pak nastal nečekaný obrat. A to doslova. Celý úsek jsem projel hlavou dolů. Odhlavičkoval jsem pár balvanů jak Honza Koller, spolkl dvě žáby a zapil je galonem vody.

Hřálo mě však, že jsem nepochybně skrytý talent, neb už skoro umím eskymácký obrat. Pravda, zatím jen první půlku, ale zbytek už bude pro člověka s vrozeným nadáním prkotina.

V recepci přilehlého kempu přítelkyně vypůjčila sešívačku a sešila mi hlavu. Dal jsem si vodáckou přezdívku *Franknštajn*, pokřtil se pár kelímky piva a nezapomněl ani na loď. Svolal jsem celý kemp a slavnostně mrštil o její bok lahvovou Plzní. Za půl dne jsem měl díru spravenou a mohli jsme opět nastoupit.

Výpary z lepidla, pivo a horké polední slunce mi lehce přeprogramovaly stabilizační software, takže jsem kánoi napoprvé netrefil ideálně. Ujela mi noha po nějakém slimejšovi a zajel jsem pod loď, zatímco moje zuby se zahryzly do její obruby.

Vzpomínáte, když ve škole učitelka v zápalu marného boje s našimi tupými mozky rozmáchle zavadila nehtem o tabuli? Tak přesně takový skřípot, při kterém tehdy holky pištěly odporem a kluci měli radost, jak je to boží zvuk, vydal můj chrup, když pronikal laminátem plavidla.

Vypáčil jsem řezáky z lodi a kamenem si je natloukl zpět do dásní. Zkusil jsem to znovu. Vložil jsem jednu nohu do kánoe a na druhé se zhoupnul. Ta mrcha loď zase poodskočila, až jsem vysekl elegantní roznožku jak Vlastimil Harafena v tom *Labutím jezeře*.

Rozkrokem jsem dosedl na mou oblíbenou hranu. Neplánovaně ze mě vyklouzlo kviknutí, jak praseti na nové koryto a plánovaně jsem zachoval nenucený úsměv frajera, který to má plně pod kontrolou. Na přítelkyni to zjevně udělalo dojem, protože vytáhla foťák, aby si svého „chlapáka" zvěčnila v boji s živlem.

Pak mě to trklo. Jako každý zkušený vodák mám přeci i já načteno z průvodce, že do kánoe se nastupuje proti proudu. Musel jsem se shovívavě uchechtnout nad vlastní zapomnětlivostí. Teď už to půjde jako po drátkách.

Otočil jsem kánoi do protiproudu, nakročil a zkušeně se švihácky odrazil jak Belmondo do kabrioletu. Zrádný podemletý břeh však byl jiného názoru a povolil. Kecnul jsem si zadkem do bláta a vymrštěnou nohou odkopl kánoi od břehu. Zatímco přítelkyně opět vesele pádlovala zpět, já rozkročen, jsem střídavým svíráním půlek vytlačoval přebytečnou mazlavou hnědku ze zadeční škvíry. Přítelkyně přirazila a prohlásila, že vypadám, jako bych se *pos**l*.

Pokud jste také blb vodní, pivem chlazený a věříte tomu, že na vás si *ňáká gravitace* a *rozklad sil na páce* nepřijdou, tak vás můžu ubezpečit: FYZIKÁLNÍ ZÁKONY NEVOČŮRÁŠ! A tak zatímco moje partnerka cedila skrz zaťaté zuby pochvaly typu „*Ježiši, co já to mám za KRETÉNA?!*", tak partička čundráků pochlastávajících na břehu už se nemohla ani nadechnout, jak se lámala v pase smíchy!

Rozhodl jsem se jít na to hlavou. Spočítal jsem si, že jedna noha na pevnině a druhá na vratkém plavidle nebudou dělat dobrotu. Chce to dostat se do lodi oběma nohama najednou. Skákat do ní s rozběhem ze břehu nebudu, nejsem pako. To dá rozum. Zkombinuji to s radou vodáckého průvodce, který doporučil zablokovat loď proti poodjetí zapíchnutím pádla za ní a opřením se o něj. Chytré. Provedl jsem tak a mrštně odlepil nohy od pevniny.

Nečekaně a záludně však zafungoval efekt skoku o tyči. To mě zaskočilo. Jako Sergej Bubka jsem se plavně přenesl táhlým obloukem vysoko nad kánoí a dopadl asi dva metry za ní, do hluboké bahnité tůně. Vyvalily se vlny zdola, roztáhnuly se v šírá kola, v rákosí luplo, ve vrbě hrklo a bylo ticho.

Přítelkyně byla *nesmírně šťastná*, když se voda opět rozestoupila a vykoukla Rákosníčkova usmívající se hlava, naplněná až po uši jakýmsi vodním špenátem. Vyprskl jsem to zelené svinstvo a bohužel půlku na ní. Ona mi však přesto láskyplně podávala ruku a tak jsem se jí chopil. Že je v ní však její osobní paralyzér jsem si uvědomil až poté, co vodou znásobený výboj vyřadil na několik vteřin mou krevní pumpu z provozu.

Rozhodl jsem se přítelkyni potrestat a natruc dělat chvíli mrtvého s tím, že po dostatečně dlouhém trestu se vynořím a vtipně rozhoupu kánoi na znamení, že je vše velkoryse odpuštěno, *že je to jako zas dobrý.*

Záměr mi vyšel pouze částečně, neboť vinou dezorientace po elektrošoku jsem se ocitl asi o dvacet metrů dál po proudu, pod úplně cizí kánoí. To jsem ovšem netušil. S posledními doušky dechu jsem rozverně zacloumal kánoí a s osvobozujícím výdechem se rozzářeně vynořil.

Vzápětí jsem dostal od neznámého brunátného pořízka takovou prdu pádlem do čela, až mi zuby cvakly jízdenku zpátky do hlubin. Byl jsem opět zanořen.

Nevzdal jsem to a udělal mohutné tempo ke spásné hladině. Sám jsem byl překvapen, jak letím rychle. Způsobil to rybářský háček, zaseknutý do pravé dírky mého nosu rybářem, který tam měl políčeno na štiku. Navíjel tak mocně, až mi natrhnul kůži za ušima. Zřejmě to silně připomínalo žábry, neboť dodnes figuruji v rybářských ročenkách jako *úlovek sezóny: Štika Ploskohlavá – 182 centimetrů*. Plochou lebeň mi totiž vymodelovala ta rána pádlem.

Také se málo ví, že jsem byl vlastně prvním *pírsingářem* v Čechách. Zatímco mi rybář lepil na nos záplatu na duše jízdních kol a šicích strojů a vytahoval z nosních dutin žížalu, rozhodl jsem se. Příští rok pokořím řeku znovu, tentokráte však na kajaku. Neboť jsem geniálně vymyslel, že do něj mohu nasednout už na břehu a do vody se odšprtat rukama.

Divnej Brouk

Nic není jisté

„Co takhle vyrazit na vodu?" navrhl Lukáš a napil se piva, načež orosenou sklenici opět položil na vlhký zelený podtácek a podíval se na ostatní.

„Jo, jdem na vodku," zahlaholila Brigita, zvedla ruce nad hlavu a začala předvádět jakýsi taneček či co, přičemž stále seděla.

„Myslíš jet řeku?" zvedla k němu od rozečteného Respektu oči Míša.

„Přesně tak. Přestaň blbnout, Brigit, kroutíš se tu jak u tyče. Co tomu říkáte?"

„Já bych objednala tu vodku. Co ty na to, zlato?" udělala na něj oči Brigit a prstem si namotávala pramen platinových vlasů.

„Já mám pivo, takže díky, nechci. A kupovat ti ji nebudu – jsou tři odpoledne. Radši mi pověz, co si o tom myslíš?"

„Další tvůj ulítlej nápad. A koupim si jí sama – ten týpek vypadá, že by mi jí moh' prodat," usoudila a pomalu se vydala k baru, o nějž se opřela a s vyzývavým úsměvem si objednala.

„Jak tě to napadlo, Luky? Vždyť jsme na vodě nikdy nebyli – myslím, že ani ty ne. A nemáme ani loď."

„Loď se dá půjčit," mávl rukou, „jde o to, jestli byste do toho měli chuť. Přemýšlel jsem, co bychom mohli naplánovat, aby se nejezdilo pořád na stejný místa a nedělaly stejný věci. A tohle mi připadalo fakt super. Kámoš jel minulý týden Sázavu a tvrdil, že to bylo skvělý, že se cvakli jenom dvakrát a v kempu prej byla super atmosféra – seznámili se se spoustou dalších lidí a už plánujou další sjezd."

„Zní to zajímavě, ale kdy chceš jet? Je teprve konec května a my tři máme pořád školu – narozdíl od tebe. A teď jsou písemky a všechno kolem, nemůžeme si dovolit na týden chybět."

„Mám to všechno promyšlený. Stačilo by na víkend. Někam dojedeme, půjčíme si loď, pojedeme určitý úsek, pak nás odvezou zpátky a další den jedem domů."

„Ty to vidíš jako Hurvajs válku," zasmála se, „už vidím, jak nás někdo vozí a pak nás někde hledá, když dojedeme jinam. Určitě nemají nic jinýho na starosti, než hledat ztracený vodáky a případně je ještě někde lovit."

„Ba ne, fakt to tak je. Pročítal jsem pár webovek a nabízí nejrůznější služby. Všechno ti půjčí a pak tě přivezou zpátky. Prvotřídní servis…"

„Ani po mně nechtěl občanku," chichotala se Brigita, která si s panákem vodky sedla vedle Lukáše a přitulila se k němu, „je to stejnej tupec jako všichni chlapi."

„Díky za poklonu," ušklíbl se.

„No ty samozřejmě ne, Luky. Jenže ty seš světlá výjimka, víš? Na všechny ostatní stačí zamrkat, usmát se, vzít si výstřih a jdou do kolen – jako ten číšník támhle."

„A co říkáš na ten můj návrh?"

„Já s tebou pojedu kamkoliv. Hlavně když tam bude pěknej pokojíček, ve kterým budeme moct bejt sami dva," zavrněla.

„No…" podrbal se na hlavě, „ve stanu budeme sami dva."

„Ve stanu? To teda ani náhodou. Já nebudu spát na tvrdý zemi, ještě aby mě tam kousali mravenci a všelijaký jiný breberky!"

„Tobě to nepřipadá romantický?" zeptala se Míša a potlačovala smích.

„Ne. Ani trochu. Nejsem žádnej pitomej tremp, abych spala pod stanem, když můžu do hotelu."

„A nepřežila bys to ani se mnou?" zkusil to Lukáš.

„Ani za nic," ujistila ho a kopla do sebe vodku.

Lukáš se nejistě díval na Míšu. Od začátku věděl, že největší překážkou bude Brigita. Míša i Vendelín by s ním ochotně jeli, ale ona dělala vždycky potíže, pokud se jí něco nezdálo. A spaní v kempu pro ni bylo naprosto nepřijatelné. A opravdu si ji tam moc neuměl představit – ji, která byla vždy perfektně nalíčená a upravená, snad nikdy na sobě neměla dvakrát totéž oblečení a prázdniny byla zvyklá trávit s rodiči v luxusních hotelích v Egyptě nebo Řecku. Bylo mu jasné, že ke kempování ji nepřesvědčí, i kdyby jí slíbil modré z nebe.

„Myslím, že nebude problém najít místo, kde bude nějaký penzion," řekla po chvíli Míša.

„Ano," chytil se Lukáš, „najdeme kemp, kde budou mít i penzion nebo hotýlek a tam se ubytujeme – pěkně v pohodlíčku. A jíst budeme v restauraci. Už to úplně vidím."

Brigita se nepřestávala tvářit kysele a pohrávala si s prázdnou sklenkou, až ji nedopatřením převrhla. Teprve pak se podívala na Lukáše.

„A nemůžete jet beze mě? Já to tu víkend vydržím a určitě se zabavím."

„To by nebylo ono, Brigit," namítla Míša. „Jsme parta a když jeden nepojede, není to ono. Vždyť víš, že jsme si každý výlet užili a nakonec to bylo vždycky prima. I tohle se mi čím dál víc zdá jako zajímavej nápad. Já s ním souhlasím.

Co myslíš ty, Vendo? Pojedeme?" podívala se na svého přítele, brýlatého hubeného kluka, který si celou dobu zaujatě četl v tlusté bichli a čas od času upíjel limonádu, aniž by zvedl oči od knihy.

„Jisté je jen jedno – že totiž jisté není nic," zamumlal a ani nevzhlédl.

„Takže asi pojedeme," usoudila a uvažovala, čí výrok použil tentokrát.

„Tomu říkám domluva," zamnul si ruce. „A ty, Brigit?" udělal na ni psí oči.

„Hm, hm… no tak jo, já taky pojedu. Ale jenom do hotelu."

„Pro tebe všechno, zlato," políbil ji a hned vytáhl z tašky notebook, aby se podívali, která řeka je nejlepší, kam nejčastěji jezdí začátečníci, jak najít ubytování, zajistit si potřebné služby půjčoven a co si vzít s sebou.

Dvě hodiny se Míša s Lukášem nadšeně skláněli nad obrazovkou, smáli se, navrhovali nejrůznější řešení a při hledání se dobře bavili, zatímco Brigita je znuděně pozorovala a jen sem tam něco prohodila, ale zjevně ji to příliš nezajímalo a bylo jí jedno, kam pojedou, protože všechny řeky podle ní byly stejné a plácat se na nich na lodi jí připadalo víc než pitomé. A Vendelín celou dobu četl, jako by svět kolem něho neexistoval a vše, co se dělo, šlo mimo něj.

„Kde ta holka zase vězí?" zamumlal naštvaně Lukáš a už kdoví pokolikáté se díval na hodinky, jako by je mohl uhranout a zpomalit čas.

Spolu s Míšou a Vendelínem stáli na nádraží, všechnu bagáž položenou u sebe, lístky v kapse a vlak měl odjíždět za pět minut. Neustále se nervózně rozhlížel, kontroloval mobil, ale kromě jedné esemesky, kdy mu na jeho vzkaz „JSME NA NADRU, KDE JSI? L." Brigita odpověděla „NA BRADAVCE ;-)", se už neozvala a ani nebrala telefon, když jí volal.

Čekali, dokud jim nad hlavou nezaznělo hlášení, že jejich vlak právě odjíždí.

„Já jí přetrhnu," zavrčel a podíval se na přátele, kteří oddaně seděli na Míšině krosně, protože Venda měl s sebou jen maličký batůžek a v něm slipy, ponožky, kartáček na zuby, pláštěnku a Platóna – karimatku a spacák mu nesla Míša.

„Nemůžeme jet bez ní, to prostě… Hele, támhle jde!"

Asi sto metrů od nich se zjevila oslnivá blondýna ve žlutém topu, minisukni, střevíčcích na vysokém podpatku a za sebou táhla –

„Ta si ze mě snad dělá p…" zíral na ni Lukáš a jakmile dorazila k nim, pustil se do ní. „Kde jsi jako byla, Brigito? Hodinu tady na tebe čekáme, voláme, ty nám nezvedáš telefony a teď si přijdeš jako by se nechumelilo, takhle vymóděná a s lodním kufrem! Máš snad dojem, že jedeš s rodičema na dovolenou nebo co?"

„Ahoj, lidi," usmála se, jako by ho neslyšela. „Co tu tak sklesle sedíte? Jdem, ať nám to neujede."

„Právě nám to odjelo, Brigit," oplatila jí úsměv Míša a ukázala na vzdalující se vlak.

„Hups. To asi kvůli mně, že jo?"

„Ne, princezno, za to můžeme my, ty jsi tu byla včas," prskal.

„No tak pojedem dalším."

„Další vlak jede zítra v 9.15, přestup na následující spoj v 11.00," oznámil Venda se stoickým klidem.

„No tak pojedem autem," nenechala se vyvést z míry.

„A ty, Brigitko, máš auto?"

„Luky, nezlob se už, já vím, že je to moje vina, ale víš, jak bylo složitý se sem s tím kufrem dostat? Metro i autobusy byly úplně nacpaný, musela jsem čekat, než přijede nějaký prázdnější…"

„Máš auto?" zopakoval.

„Luky, Brigit má pravdu – nejlepší možností je jet autem. Vlak nám ujel, ale svět se pro to nezboří. Zítra už je pozdě, ale ty máš auto, takže kdybys ho vzal… My se ti složíme na benzín…"

Brigita horlivě kývala, Lukáš se mračil. Bylo mu však jasné, že nemají na výběr.

A tak se zvedli a jeli k němu, kde se naskládali do jeho starého favoritu (největší potíže byly s kufrem, z něhož byla Brigita nucena polovinu věcí vyndat a nechat je u Lukáše doma). Během cesty se nálada zlepšila, i když řidič si stále držel odstup a s Brigitou se příliš nebavil.

Po krátkém bloudění vesničkami našli kemp i penzion, u něhož zastavili. Budova vypadala zanedbaná a rozhodně ne tak jako na fotkách na internetu. Lukáš vzal za kliku, bylo zamčeno. Zazvonil, podruhé, potřetí. Bezvýsledně.

„Tam se nedozvoníte," zavolala na ně žena sbírající ze šňůry prádlo.

„Máme tu rezervaci," namítl.

„To je možný, takovejch bylo víc. Majitel je starej vožrala, věčně má zavřeno a neobjeví se tu třeba tejden nebo i dýl."

„Co tím chcete říct?" napřímila se Brigita, která si už tahala věci z kufru auta.

„Tím chci říct, abyste neztráceli energii a radši šli do kempu. Tady stejně žádný jiný ubytování není."

Lukáš poděkoval a bezradně se podíval na přátele. Míša s Vendou od začátku chtěli spát v kempu a i on s sebou měl stan a dva spacáky, kdyby si to Brigita náhodou rozmyslela, jenže teď to vypadalo, že si vše naplánoval. A Brigitě to okamžitě došlo.

„Tak takhle sis to vymyslel! Nalákals mě sem na penzion, sliboval's hory doly a když se sem dovleču, tak je penzion zavřenej. A tys o tom samozřejmě nevěděl, že jo!"

„Tak to není, vždyť víš, že jsem si s tím chlapem psal emaily, počítal s námi, věděl, kdy přijedeme."

„A to ti mám věřit? Hezky jste to na mě připravili! Teď už jsou mi jasný i ty stany, co táhnete!"

„Brigit, my to vážně nevěděli," snažila se ji přesvědčit Míša. „Proč bychom tě sem proboha lákali a chystali na tebe podraz? Nemůžeme za to, že jsme narazili zrovna na jednoho z tisíce, který na hosty kašle."

„Chci domů. Hned."

„Neblbni, nějak to vyřešíme."

Zavolal na onu ženu, kde je nejbližší ubytování mimo kemp. Asi třicet kilometrů odsud.

„Fajn, jedeme," řekla a sedla na místo spolujezdce.

„To je moc daleko, nebudeme tu přejíždět jako tupci sem tam. Zlato, nedá se nic dělat, budeš to muset přežít v kempu."

„Ne, já chci zpátky do Prahy. Hned."

„Tak heleď. Kvůli tobě nám ujel vlak a kdybys nedělala od začátku problémy, mohli jsme jet normálně do kempu. Kvůli tobě jsme hledali místo, kde mají i penzion. Že to nevyšlo, za to nemůžeme. Řídil jsem sto padesát kilometrů a předtím jsem byl v práci, takže jsem dost utahanej a rozhodně neotočím auto a nepojedu dalších sto padesát kilometrů zpátky. Tak se koukej uklidnit.

Minimálně jednu noc přespíme tady, zítra se uvidí. Je skoro sedm a já už dneska nikam nejedu – nanejvýš do tohohle kempu. Takže nasedat, vážení."

Přejeli do kempu, našli si místo pod vzrostlými borovicemi pár metrů od Lužnice a dali se do stavění. Brigita naštvaně seděla na pařezu a dívala se, Vendelín se sice snažil, ale vypadalo to, že ho šňůry spíš uškrtí, než že je pořádně uváže, a tak oba stany stavěla Míša s Lukášem, kterého se při tom snažila uklidnit.

Když bylo hotovo, natahali dovnitř karimatky a spacáky, ostatní nechali v autě. Poté šli na jídlo. V kempu bylo bistro, kde i vařili, takže si objednali – až na Brigitu, která se rozhodla držet protestní hladovku.

„Chci vodku," řekla číšníkovi, který si ji zkoumavě změřil.

„Můžu vidět občanku, slečno?"

„Jdi se vycpat, kreténe!"

Vstala a odešla, provázena užaslými pohledy přátel i číšníka.

„Proč jsme ji brali s sebou?" zeptal se spíš sám sebe Lukáš. „Mohl to být skvělý výlet, pohoda, klídek, zábava… A ona nám teď bude celý víkend ukazovat, jak jsme nesnesitelní a příšerní a bude se nám to všemožně snažit zkazit."

„Do rána ji to přejde, uvidíš. A příště se bude těšit a bude chtít spát jedině v kempu," povzbuzovala ho Míša, i když tomu sama nevěřila.

„To určitě. Nejhorší je, že s ní musím spát v jednom stanu a nevím, jestli se dožiju rána."

„Však ty se ubráníš," usmála se a od té chvíle jakoby se změnilo ovzduší, začali vtipkovat, smáli se a na Brigitu téměř zapomněli.

Leželi v naprosté tmě zády k sobě. Nemluvila s ním, neodpověděla mu ani na přání dobré noci. Zachumlala se do spacáku, že jí koukaly jen oči a tvrdošíjně předstírala, že spí. Díval se do stěny stanu a uvažoval, jak si ji usmířit.

Představoval si, že tu stráví romantický víkend, že se budou procházet kolem řeky a užívat si sami sebe. Už několikrát si takhle vyrazili jen sami dva a vždy to bylo jako v pohádce. Poslední dobou jejich výletů ubývalo, buď neměl čas on nebo ona, nebo tvrdil, že čas nemá, protože se mu nikam nechtělo. Bylo zvláštní, že se mu nechce trávit s ní víkend. Když nad tím přemýšlel, zjišťoval, že to mezi nimi už není takové jako před dvěma lety, kdy se do ní zamiloval. Krásnější holku ještě nepotkal. Nebyla upejpavá, začali spolu chodit a on ji zbožňoval, trávil s ní každou volnou chvíli. Časem začal zjišťovat, že mu na ní ledacos vadí – především její zvyk trávit páteční večery na diskotékách, k nimž postupně přibyly i další dny v týdnu. Nechodil tam s ní, tohle ho nikdy nelákalo.

Občas se přistihl, že na ni žárlí. Nevěděl, co provádí po nocích a nechtěl se na to ptát. Bál se pravdy. Jeho podezření ostatně vždycky rozptýlily chvíle, kdy byli spolu a ona mu šeptala, že miluje jen jeho a že na něho musí neustále myslet. Věřil jí a nepochyboval o ní. Jenže nevyslovené otázky se vracely a trápily ho.

Jejich vztah nebyl takový jako dřív. Jako by se mu Brigita vzdalovala. Čím lépe ji poznával, tím více zjišťoval, že jsou každý jiný.

Doufal, že všechno bude jako když se seznámili. Snažil se být s ní, právě proto plánoval společné víkendy – poslední dobou pro všechny čtyři, protože mu tak připadaly snesitelnější. Někdy se přistihl, že si s ní nemá o čem povídat, že se zoufale snaží hledat nejrůznější témata, jen aby mezi nimi nezavládlo nepříjemné ticho. A ona jako by to neviděla.

Tento víkend měl být dalším pokusem, jak obnovit jejich ztrácející se lásku. Zatím to vypadalo, že se plán příliš nedaří.

Ráno Brigita vypadala méně nakvašeně, asi kolem ní všichni chodili po špičkách. Nikdo neměl zájem ji znovu naštvat. Přestože se tvářila neutrálně, neušlo jim, že nevypadá jako jindy – snad proto, že ji poprvé ráno viděli bez make-upu, snad proto, že si přeležela vlasy a jen horko těžko jim dávala původní tvar, snad proto, že se do kempu vůbec nehodila a působila tu jako zjevení.

Než Lukáš s Míšou zařídili vypůjčení dvou kanoí, vest a barelů a následný odvoz zpět do kempu, Venda stačil přečíst celý jeden Platónův dialog a Brigit se nalíčila a oblékla, takže jim zase byla důvěrně známá.

Naplnili barely, všechny cennosti zamkli do auta, spacáky nechali ve stanech, oblékli si vesty – i když Brigit jen z donucení, protože pomyšlení, že „tohle" bude muset mít na sobě, se jí vůbec nezamlouvalo – a vyrazili.

Lukáš nejprve podržel loď, do níž nasedl Venda jako háček a za něj Míša, která mu sice nabízela, že může kormidlovat, ale bylo jasné, že by daleko nedopluli. Odstrčil je ze břehu a pak pomohl nasednout Brigit, která si v podpatcích málem vyvrkla kotník. Sesunul kanoi na klidně plynoucí řeku a sám vlezl dovnitř.

„Tak jedeme, přátelé! Vzhůru za dobrodružstvím!"

Míša mu se smíchem pohrozila, Brigit předstírala, že neslyší. Vydali se po proudu. Nebylo moc vody, což jim vyhovovalo, protože kromě pár pouček od provozovatele půjčovny nevěděli o sjíždění vůbec nic.

Venda pádloval, až voda stříkala po okruhu tří metrů. Jemu to nevadilo, protože si natáhl pláštěnku, kterou odmítal sundat a jen dokola opakoval jakousi poučku o škodlivosti studené vody na přehřátý organismus s důsledkem smrti. Každou půlhodinu pádlo odložil, sundal pláštěnku, pečlivě se namazal opalovacím krémem (i pod oblečením), načež si ji znovu natáhl, včetně kapuce. Připomínal zatoulaného trpaslíka z pohádky o Sněhurce. Míša se mu snažila domluvit, ovšem marně, a tak se smířila s jeho umíněným rozhodnutím a byla ráda, že aspoň nějak pádluje a nečte si.

Zato Brigita kromě pár prvních metrů měla pádlo položené v lodi, svlékla se do bikin, namazala se, otočila čelem vzad a pohodlně se opřela o přední hranu lodi. Na mírnou Lukášovu výtku odsekla, že se sem nepřijela namáhat. Víc nic nenamítal a pádloval sám. Doufal, že se opalováním uklidní a přestane být rozzlobená na celý svět.

Kanoe pluly vedle sebe, Míša s Lukášem si povídali nebo pozorovali míjející krajinu, občas se do hovoru pokoušeli zatáhnout své háčky, ale marně, protože jeden byl zaujat filozofickými úvahami o původu světa a přírodě, jak jim sdělil, a druhý s nimi komunikoval jen stroze a neochotně. Pluli meandry, voda se pohupovala, skákala přes kameny, v peřejích divoce šuměla a stříkala, jinde byla klidná jako zrcadlo a v těch úsecích přestávali pádlovat a nechali lodě pomalu plout.

Nikam nespěchali. Měli na splavení krátkého úseku celý den, přičemž ve velké rychlosti ho prý bylo možné zvládnout za dvě hodiny.

Dorazili k jezu a domlouvali se, jestli ho sjedou. Voda u jeho paty pěnila, vířila a točila se. Po krátké debatě se rozhodli radši ho přenést, protože se jim zdál příliš nebezpečný. Přirazili ke břehu a Venda s Lukášem vytáhli a přenesli lodě. Spíš je táhl Lukáš, i když Venda hekal a vzdychal, jakoby nesl metrák.

Než pokračovali v cestě, sedli si do trávy a dali si svačinu. Míša s sebou vzala konzervy a bochník chleba, což ocenili kluci, ne však Brigita, která se ošklíbala, s povytaženým obočím si četla složení a pak konzervu hodila zpátky do barelu s tím, že takový hnus tedy rozhodně jíst nebude. Vzala si krajíc chleba. Poté se natáhli pod vzrostlé duby, stíny listí jim přebíhaly po obličeji a pod nimi tiše ševelila řeka. Venda se nastříkal repelentem, lehl si na pláštěnku a četl Platóna a co chvíli vstával, aby zjistil, jestli po něm neleze klíště.

Užívali si pohodu a snění, jen Brigita se nudila a navrhovala, ať už konečně jedou dál, že jí to povalování leze krkem.

Čím déle pluli, tím víc Lukáš chápal pocity svého kamaráda, který ho na nápad sjíždět řeku přivedl. Cítil naprosté souznění se řekou, když po ní loď bezhlesně klouzala, pozoroval zrcadlící se stromy a připadalo mu, že pod hladinou se nachází jiný svět, malebný a poetický, do něhož je mu však umožněno nahlédnout jen malou skulinkou. Vzpomínal na dětství, kdy přímo hltal mayovky a ve své fantazii viděl indiány, kterak plují po řece a pronásledují odvážného Old Shatterhanda, který jim uniká po vodě i pod vodou, připadal si součástí té scény, byl hlavním hrdinou a skryt za kůlem, volal na Apače, kteří se k němu rychle blížili na svých kanoích…

„Co tenhle? Sjedeme ho?"

Míšino zavolání ho vytrhlo ze zamyšlení a teprve teď si všiml, že se blíží k dalšímu jezu. Zaplul blíž a uvažoval, jestli to mají zkusit. Vypadal mírněji, než předchozí.

„Jsem pro. Když jsme jednou na vodě, musíme vyzkoušet všechno, co nám nabízí. Zvládneš to?"

„Jasně. Nejsem přeci žádný béčko," zakřenila se. „Vendo, drž pořádně to pádlo."

„Ne, já nejedu. Jsem ještě moc mladý na smrt. Vystoupím a ty jeď sama."

„Ty mě necháš jet samotnou? Co když se převrátím a utopím? Vendelínku, vezmi pádlo a pomoz mi…"

„Okamžitě mě dovez ke břehu! Hned! Michaelo, dovez mě na břeh! Já nechci!" začal hystericky ječet, a kdyby se jeho reakce Míša nelekla, začala by se smát. Vzápětí ji jeho zbabělost znechutila.

„Tak si jdi po suchu, ty hrdino," ucedila a dopádlovala ke břehu, zatímco on zběsile mával rukama a vypadalo to, že každou chvíli raději skočí do vody, než aby se přiblížil k jezu.

Vyskočil na zem jako zajíc, bledý a s vytřeštěnýma očima. Couval a zíral na ni, jako by se ho právě pokusila zabít. Hodila za ním barel, aby ho pro jistotu vzal s sebou pěšky. Otočila loď a snažila se skrýt pohrdání, které k němu cítila.

„Míšo…?"

„Neboj, Luky, já to zvládnu. On by mi stejně nepomohl," řekla a rozjela se k jezu.

Kanoe se mírně zakymácela, na setinu vteřiny zůstala stát na vrcholu splavu, pak se překlonila dopředu, sjela dolů, voda vystříkla na dva metry do vzduchu, špička lodi zajela pod hladinu, ale hned se vynořila a jela dál peřejemi, až se Míše podařilo zakormidlovat na písčitou mělčinu u pravého břehu asi padesát metrů od jezu. Otočila se, hrdá sama na sebe a zamávala na znamení, že mohou jet za ní.

„Drž se, zlato, nebo mi pomáhej pádlovat."

„Ani mě nenapadne pustit se lodi," ujistila ho Brigit – nepochybovala, že sjezd zvládne bez potíží.

Vší silou pádloval, udržoval loď kolmo na jez, najel na něj, kanoe se zakymácela a svezla se dolů. Nevěděl proč, ale pod splavem se otočila mírně bokem a jak je proud táhl stále dál, nestihl ji už srovnat. Během mžiku se převrátili. Brigit se zděšeným zaječením přímo po hlavě spadla do řeky, Lukáš padal trochu koordinovaněji. Jakmile se ocitl ve vodě, nadnášen vestou, okamžitě sáhl po Brigitině pádle, které mu už už unikalo a držel se lodi, kterou se pokoušel otočit, což bylo v té chvíli nad jeho síly.

Jakmile Míša spatřila co se děje, vyskočila z lodi, na níž seděla když ji povytáhla na písčinu, a spěchala jim pomoct. Zůstala stát v místě, kde ještě stačila a když se k ní Brigit přiblížila, chytila ji za ruku a stáhla k sobě, čímž ji konečně postavila na nohy. Čekala, že už sama dojde na břeh, ale spletla se. Dívka byla tak vyděšená, že nevěděla, co si počít a Míša ji musela za ruku dovléct až do míst, kde bylo vody po kolena. Pak se otočila a spěchala k Lukášovi, kterému se podařilo zastavit loď a držet ji na místě, kde jakžtakž stačil. Doplavala k opačnému konci, společnými silami se jim podařilo potápějící se kanoi otočit a táhli ji k mělčině. Když dorazili ke břehu, museli se nejméně dvacet metrů vracet ke zbylým dvěma, protože je proud strhl příliš daleko.

Jakmile byla loď včetně pádel a přivázaného barelu v bezpečí, padli vedle sebe na písek a vyčerpaně oddechovali, načež se uvolněně rozesmáli.

Cestou do kempu Brigit mlčela. Od chvíle, kdy se cvakli, s nimi nepromluvila – tedy kromě záplavy nadávek, když se vzpamatovala z šoku. I Vendelín byl zamlklý, ovšem u něho nešlo o nic nezvyklého.

V kempu se převlékla a zalezla si do stanu. Když se ji Lukáš snažil povzbudit, s nadávkami ho vyhnala a řvala, ať jí nechodí na oči, protože ji chtěl utopit a všechno že to naplánoval, od začátku ji tenhle víkend podváděl, chystal na ni podrazy a nakonec ji schválně vyklopil, i když mohl jet jako Míša, které se nic nepřihodilo. Marně se jí pokoušel vysvětlit, že nic z toho neudělal schválně. Bál se, že mu vyškrábe oči a tak se raději dal na ústup.

Brzy zvečera se přesunula do bistra, kde si vyhlédla skupinku mladých vodáků, kterým si vylila srdce a oni ji utěšovali a na povzbuzení jí kupovali panáky. Když se ji Lukáš pokusil odvést, ječela jako siréna a hrozilo, že se dostane do křížku s pěti chlapy. Usoudil, že to nemá zapotřebí a není jeho povinností se o ni starat a hlídat ji.

Venda si po večeři zalezl s baterkou do stanu, kde si jako obvykle četl. Míša se chvíli z dálky dívala na Lukášovu slovní potyčku s Brigitou a nějakými chlapy a pak se vydala k řece. Sedla si na břeh, pozorovala tančící vlnky opodál i klidnou hladinu u svých nohou. Dívala se na odraz pohasínajícího nebe, který ji barvil do oranžovoruda a byla jím tak zaujata, že sebou polekaně trhla, když jí kdosi položil ruku na rameno.

„Luky… vyděsil jsi mě."

„Promiň, to jsem nechtěl. Co ty tu tak sama?" přisedl si.

„Venda si čte," obrátila oči v sloup. „Ráda se dívám na řeku – už odmala jsem ji ráda pozorovala. Nesmírně mě to uklidňuje."

„Měl bych to doporučit Brigit…"

„Pohádali jste se?"

„Jo. Vlastně ne. Jo, pokud hádka říkáš tomu, že na mě řve, vyčítá mi všechno možný a nepustí mě ke slovu. Asi jsme se pohádali."

„Je to s ní těžký. Ale zkus pochopit, jak se cítí. Hrozně se vyděsila, když jste se cvakli, nebyla na to připravená a byla v šoku. A moc jí nepřidalo, že musela znovu na loď a vydržet to až na místo, kam pro nás přijel ten pan… už ani nevím, jak se jmenuje."

„Já jí to nevyčítám. Naopak jsem si s ní chtěl popovídat, ale nejde to. Připadá mi, že si celkově poslední dobou nedokážeme povídat. Jako by mezi námi vyrostla nějaká bariéra, která nám brání dorozumět se. Chtěl jsem ji tenhle víkend probořit, aby to bylo zase jako dřív, ale všechno je v háji. Myslím, že to byl poslední hřebíček do rakve."

„Vidíš to moc tragicky. Bylo toho na ni moc. Počkej pár dní a až pozapomene, vysvětlíte si to a zase to bude jako předtím."

„Jenže já nevím, jestli pořád ještě chci, aby náš vztah byl jako předtím…"

„Luky, to přece…"

„Míšo, my si s Brigit nerozumíme. Snažil jsem se, ale neklape nám to. A díky téhle cestě jsem to konečně pochopil. Konečně mi došlo, že ona není holka pro mě," díval se na ni.

„Nejspíš máš pravdu. Jste příliš rozdílní – jako my s Vendou."

„Jste ten samý případ, akorát opačný extrém. Možná bychom neměli dýl čekat. Spoléhal jsem vždycky víc na rozum, ale poslední dny mi ukázaly, že se mám řídit i srdcem a být s tím, s kým si rozumím," pohladil ji po ruce.

„Když jsme plánovali tuhle akci, Venda použil jeden citát od Plinia – jisté je jen jedno, že totiž jisté není nic. A měl pravdu," řekla a dívala se do jeho hlubokých modrých očí, které se zrcadlily stejně jako říční hladina, takže v nich dokázala číst. A četla v nich to, co cítila i ona.

Maxová Jana

Dlouhý den a dlouhá noc

Tak tahle voda nezačíná dobře. Trčím v týhle knajpě už třetí hodinu a nikdo nikde. Jet autama, trend moderní doby, pche. To moje banda jezdí na vodu společně, ve vlaku začíná voda už s prvním hrábnutím do kytary a než dojedem do cílový – vlastně startovací hospody, stihnem rozstřelit milence nafukovacím míčem, sbalit dva nový členy a polít pánovi dokumenty pivem. Teda, stalo se nám to jednou, ale ta cesta vždycky stojí za to. Parta se musí sšít a když se sedá do lodí, všichni už mají být psychicky na jedný vlně. Pátek je Malá sobota a kterej šéf to nechápe, nemůže zaměstnávat vodáky!

No sláva. První známej ksicht se objevuje ve dveřích, bágl si asi nechal v autě, kytaru taky, no nic, aspoň tu nebudu trčet sám. Za ním se lámou do místnosti další tři který neznám, což nevadí, proto koneckonců občas vyjedu i s neznámou partou. Vždycky je šance, že potkám někoho, s kým si padneme do noty a užijem spoustu srandy.

Sedíme s první půlkou bandy asi hodinu a oťukáváme se, jména jsem zapomněl snad dřív, než se představili a čekám, kdo bude stát za to, abych si ho zapamatoval a jméno si pak zjistil. Táhne na jedenáctou a konečně se objevuje zbytek lidí, ale že prý ani neposedí a jedou do kempu stavět stany. „Právě dopíjíme, jdem s váma," říká Katka a já si pořád říkám, *no tak se postaví stany, udělá oheň a ještě si zabékáme u kytar.* Houbeles.

Jakmile stojí zelený a modrý hroudy stanů, každej utrousí „dobrou" a zaleze. Parťák Jarda taky. Vůbec ho nepoznávám. A najednou je kolem ticho, z krtinců stanů se ozývá jemný pochrupávání a já jsem sám s řekou... Jdu si do ní aspoň podle starého zvyku opláchnout obličej a ukládám se pod hvězdami. Nořím se myslí mezi hvězdy, galaxie a paralelní světy a při sedmé padající hvězdě, respektive meteoritu, si skromně přeju, aby v noci nepršelo a já nemusel stěhovat „bejvák" pod střechu stánku. *Potkat tu pravou* už jsem si přál mnohokrát a tohle přání asi meteority plnit jaksi neumí.

Ráno se probírám pod vodou ztěžklými mraky, ale déšť zatím jen zahrozí pár kapkami a zase utne, ani se nestihnu rozhodnout, zda se vzrušovat a stěhovat ležení. Kolem stánku už se motají majitelé kempu, prima, teplý kafe k snídani určitě bodne. Výčepní Magdička je fakt kočka. Že bych si dal ještě jedno?

Ani jsem si nevšiml, že už nám přivezli lodě. Jedna na mě kupodivu zbyla, ale ta s prasklým kýlem. Nikdo jí nechtěl, ani se nedivím. Moje blbost. I když mě trochu překvapuje, že to nikoho netrklo a neozval se už při přebírání od půjčovny, ta prasklina je vidět snad už od stánku. Mám *velrybí* loď. *S vodotryskem,* zlehčuju situaci. Pro jistotu si ve stánku beru dva kelímky na vylévání vody a vsázím je do sebe. Magda se usmívá. Beru si číslo. Třeba jednou zabere.

Poslední stan se poroučí k zemi a mizí v barelu. Tak jsme si zase nezahráli. *Snad večer,* říkám si zklamaně a táhnu poloprázdný barel k lodi. Háčka jsem nesehnal a jedu *na singla.* Laminátka s příčnou prasklinou se mi zákeřně chechtá, když ji táhnu na vodu a nasedám.

Během půlhodiny hladina v lodi stoupá na třicet centimetrů. Předjíždí mě poslední loď, ještě chvíli slyším v meandrech Lužnice nadávání kormidelníka na háčkovo *umění* a pak krajina kolem ztichne docela. Jen hrdost mi nedovolila se doprošovat, aby mě nenechávali jet jako posledního. V mé bandě a vlastně ve všech, které znám, je to samozřejmé pravidlo. *Singlař* nikdy nejede poslední. Je nejpomalejší a když se cvakne, musí mu někdo píchnout obrátit loď.

A tak vybírám vodu z lodi voskovanými kelímky a v přestávkách pádluju. Touhle rychlostí přijedu na Pilař zítra. Navíc se ve dnech kelímků začínají rýsovat celkem solidní praskliny, za chvíli nebude čím vylévat. Nějak mi k nim asi Magda zapomněla přibalit upřímné přání šťastné plavby. Další kilák je za mnou, kamenné patníky kilometráže na březích mi ukrajují z dnešního přídělu *píchnutí* pádlem. V meandrech voda nečekaně zrychluje a zpomaluje a k tomu je potřeba včas se natočit do další zatáčky, jenže laminátka plná vody reaguje ppoommaalluu a někdy je to fakt o fous. Navíc se při březích tvoří pod hladinou neviditelné víry a *kopou* do lodi jak opilí fotbalisti. Těch meandrů je tu snad tisíc…

Hurá! Támhle plave poloprázdná petflaška! Kéž by se mi jí tak podařilo chytit… Ještě celkem obratně zajíždím k ekohříchu, který slibuje zachránit můj vodácký věneček. Kelímky už jsou nadranc a loď váží i s vodou tak metrák. Přitahuju jak divej, abych na lahev dosáhl. Povedlo se! Chytám jí, zajíždím ke břehu a stavím obří stodvacetilitrový barel. Povoluju uzávěr, stažený napruženou ocelovou obručí a vytahuju nůž. Šlohnul jsem ho tátovi. Našel ho ve staré stodole nové chalupy a prohlásil, že s ním bude rýpat skalničky. To jsem nemohl dovolit. Zachovalej potápěčák má z jedné strany poměrně tupou pilku a z druhé ostří, které po troše práce s pilníkem a brouskem nabralo glanc. Mít maturitu z broušení obráběcích nástrojů v těchhle věcech asi není úplně k zahození. Trochu mě žere svědomí, to je fakt, prostě nejsem geneticky předurčen ke krádeži, ale projednou…

Držím v pravačce kudlu a levačkou tisknu petflašku k přední sedačce, jenže flaška mi pod nožem při bodnutí vždycky ujede. Sakra, to bych se na to… Ale já tu petflašku uříznout prostě musím! Dochází mi trpělivost.

Beru flašku do ruky, teď už neuhne. Pomalu, ale vzrůstající silou na ni dotírám, flaška se prohne a nůž už vězí v prolákline, teď už to půjde. Najednou první stěna flašky pod tlakem hrotu povoluje a mně v tu chvíli probleskknou hlavou dvě myšlenky zároveň: 1.) když povolila první stěna lahve, povolí i ta druhá a pod ní už je jenom ruka, a 2.) tuhle akci už nezastavím!

Čumím na potápěčák vražený mezi prsty a rychle mi dochází, že to malé „ťuk" bylo nečekané seznámení čepele s kostí a že jsem buď totální idiot, nebo jsem se té diagnóze právě maximálně přiblížil. Vytahuju nůž z rány a vůbec mě netěší, že už mám čím vylívat vodu z lodi. Tento fakt zdá se v tuto chvíli druhořadým. Zkouším prst ohnout a moc to nejde, tak to vypadá, že jsme si přefikli šlachu, onikám si. To jsme ale blbci. Z ukazováčku teče krve jak z vola, tisknu jej k prostředníčku, abych omezil únik krve a zbylými třemi prsty držím hrušku pádla.

Pomalu mi docházejí konsekvence právě proběhlé události. Jesli je to fakt šlacha, právě jsem skončil s kytarou, říkám si. Už nikdy si na ní nezahraju, už se dosyta nevyblbnu při trampským sejšnu, ba ani nesbalím na „klofnu" žádnou roštěnku. Trochu si připadám jak kovboj z reklamy na Marlboro, flegmaticky pádlující přímo k vodopádu – nejradši bych si zapálil cigáro.

Kdysi se mě moje první holka zeptala, co bych si vybral, kdyby mi dala ultimátum „buď já nebo muzika". A já jí tenkát řekl, že muziku. Teď mi skoro připadá, že ač jsem to řekl jen z odporu vůči ultimátům, říkal jsem nevědomky pravdu. Koukám na krev, flegmaticky pádluju a vím, že z těchhle meandrů se do nemocnice včas nedostanu. Prdlá šlacha se prej musí sešít do hodiny, jsem někde slyšel. Jinak se stáhne a je s ní ámen. Ámen. A čas běží...

Další zákruta a přede mnou se objevuje šikmý kmen, napůl pod vodou a svírající s hladinou tak dvacetistupňový úhel.

A loď je do půlky plná vody a na každý můj pohyb reaguje jako naložený kamion na myšlenku. To mi ještě scházelo. Vyhnout se tomuhle bordelu, to by mě stálo na singlu dost sil i s prázdnou lodí. Ještě chvíli předtím, než se kýl začne posouvat po kmeni vzhůru, už je mi jasné, jak to dopadne. Ale do poslední chvíle se snažím věřit, že to ustojím. Vlastně usedím... Marně. Na moment zapomínám na přeřízlou šlachu a pomalu se kácím přes nakloněný pravý bort. Ale vodácké instinkty fungují, nepouštím pádlo a zdravou rukou chytám loď. Dokonce jakousi třetí rukou, kterou v mnoha pozdějších kritických situacích marně hledám, chytám i kytaru.

Řeka mi jak na potvoru vybrala ke cvaknutí jedno ze svých nejhlubších míst. Zápasím s naštěstí celkem mírným proudem a nakonec se mi daří zabránit lodi v odplutí. Tak a jsem v... Stojím přímo uprostřed Lužnice a držím na rukou dno lodi plné vody. Můžu být vděčný, že barel s věcmi z lodi nevypadl a neodplul do dáli. Ani nevím, jak se mi ho se zraněnou rukou povedlo zachytit a položit naštorc přes borty laminátky. Kytaru taky, naštěstí je zabalená do dvou igelitových pytlů, ale vešla se jen tak tak a na zavázání zbyly asi dva centimetry. Snad to vydrží... I když to mi vlastně teď už může být jedno, uvědomuju si. Stejně si na ní už nezahraju.

Fakt není teplo. Stojím už desátou minutu ve studené řece a komáři si mě našli tak rychle, jako kdyby mě hledali už chvíli před mým hvězdným ántré. Je jich tu tak deset miliónů, kolem se na kilometry táhnou jen lužní lesy. Ideální líheň. Ten čas vlastně jen odhaduju, hodinky jsou pod hladinou na ruce pod kýlem, jak držím loď. Ještě že jsou na to stavěné, při mém způsobu života by mi jiné než nárazuvzdorné a vodotěsné dlouho nevydržely. Už jsem promyslel a taky zkusil nejméně tři způsoby, jak bych mohl loď sám vylít a pokračovat v jízdě. Marně, vždycky jsem byl rád, že jsem loď znovu chytil a odtáhl na původní místo. Dalších sto komárů mě nabodlo mezi lopatkami a já mám obě ruce nezvratně pod vodou. Copak jsem jediný vysáníhodný objekt v celém okolí? Když tak o tom přemýšlím – je zajímavé, že mezi komáry bodají jen ženské. Počkají si, až jsi bezmocný a pak zaútočí. Skoro jako u lidí.

Podařilo se mi na okamžik vytáhnout levou ruku s hodinkami a podívat se na ni. Už tady trčím dvacet minut. Mé zelené triko pod vrstvou Air Komair není ani vidět a záměrně holá hlava se ocitá pod tímže příkrovem. Z dálky to musí vypadat, že jsem na ježka. Ale žádný pozorovatel kolem není.

Lužní lesy kolem hovoří vlastní řečí. Celkem blízko se ozvala volavka, někde za mnou něco šplouchlo, možná vydra, dnes už jsem jednu viděl. Cvrkání hmyzáků ve vysoké trávě ale skoro přehlušuje bzukot mračna komárů. Jektám zuby a jedním dechem proklínám tu krvežíznivou hmyzí smečku. Jak dlouho tady ještě budu takhle stát? Do večera tudy přece ještě někdo musí jet. V opačném případě tu budu muset strávit noc a stanu se dárcem krve pro jedinej divokej mejdan komářic. Zlomyslně se utěšuju, že soudek je omezen, víc jak šest litrů ze mě nedostanou. Naříznutý prst začíná cukat, Lužnice zjevně není nejlepší desinfekční prostředek.

Rychle kontroluju chronometr, už tady stojím půl hodiny. Pomalu se stávám součástí okolní krajiny, lišim se od ní jen arytmickým třesem, jak klepu kosu. Bzučení splývá v jediný zvuk na pozadí a přestávám jej vnímat, už přes něj slyším i šumění proudu, jak naráží do osudného kmene.

Počkat – hurá! Někdo jede! probouzím se z letargie. Náraz pádlem do bortu lodi při odlamování jako kormidelník rozeznám, i kdyby mi zrovna pouštěli techno. Přesto v meandrech trvá ještě dalších osm minut, než zahlédnu první modrobílou příď lodi. *Ahój,* protahuju. *Bbbodnete mi?* Ale první háček už skáče do proudu. Vylévají po okraj plnou loď rovnou na místě a když ji prázdnou pustí na hladinu, slastně to pleskne. Krásný to zvuk prázdné lodi! Když vidí stav mé ruky, vetknou mě na háčka do první lodi, přes záda přehazují polystyrenovou záchrannou vestu, abych se přestal klepat a ujímají se odvozu mé potápky. Výjimečně neprotestuju, pro dnešek už moje vodácká hrdost vzala zasvé.

Asi za hodinu se za zákrutou objevuje Pilař, jez – smrťák. Všichni s IQ alespoň bublajícího bahna jej přenáší po již vychozené stezce a tam taky čeká „moje" současná parta. A ještě mi málem vynadají, kde se flákám. Zdají se být usmířeni, až když vidí stav mé ruky. Ale není čas se vybavovat, sice je na spravení šlachy možná pozdě, ale vydesinfikovat a sešít se to stejně musí. Beru jen kartu pojišťovny a tlustý rolák, narychlo se domlouváme, že i s mými věcmi dojedou na Weinsettl a já se tam nějak dopravím též a hned spěchám na stopa na nedalekou silnici Třeboň – Suchdol. Stojím a zuřivě mávám, ale trvá další půlhodinu, než mě naloží staré embéčko. Zkrvavený obvaz na ruce kupodivu v řidičích nevzbuzuje pocit, že potřebuji pomoc, ale spíš dojem, že bych jim mohl potřísnit potahy. Je to jako stopovat v dešti. Vsadím se, že ve strachu o potahy by nezastavili, ani kdyby mi čerstvě chyběla celá noha. Naštěstí skrz provizorní obvaz krev nijak dramaticky neprotéká, jen to blbě vypadá.

Dobrodinci mě vyhazují přímo před třeboňskou nemocnicí. Tam ale na takové věci prý nejsou zařízení. Co tam tedy dělají, když neumí ani sešít ruku, se radši strategicky neptám. Nakládají mě do sanitky a vezou až do Jindřichova Hradce. Celkem další hodina zdržení. Ale mám štěstí v neštěstí, ujímá se mě plastický chirurg. Takže prst se možná nebude hýbat, ale jizvička bude estetická. To jsem moc rád, kvůli ošklivé jizvě na prstu by si mě třeba žádná nevzala... Ležím na operačním stole s roztaženýma rukama jak Ježíš, levou ruku mi pitvá chirurg a já žertuju se sestřičkou od kapačky napravo, je na ni přece jen lepší výhled. Doktorskej mě uklidnil, prý musím příště kuchnout víc, šlacha vydržela celou tu dobu viset na vlásku. Šutrák, co mi spadnul ze srdce, by vylil Lužnici z břehů. Po půlhodině je hotovo a na ruce se skví zbrusu nový a sterilní obvaz. Saniťáci mě hážou sanitkou až na Weinsettl, což je taky má záchrana, teprve teď mi totiž dochází, že nemám ani kačku.

Vystupuji přímo před kempem už za šera. Žaludek už zpívá árie, naposledy jsem ho uklidnil předpolední snídaní v Suchdole, ještě než jsme sedli do lodí. Noci už nejsou nejteplejší, léto je ve své půli a jediné štěstí je, že mi svetr na těle už naštěstí uschl. Všechny věci v barelu byly zčásti mokré – když jsem uklízel krvavou čepel potápěcího nože, zjevně jsem špatně zavřel barel. Měl jsem jiný starosti. Ale teď už bude všechno v pořádku, zapijem to, zasmějem se a spacák mě odnese k dalšímu krásnému, proslunněmu dnu.

Ale ouha. V kempu je jen pár skupinek a tu naší nevidím ani u stanů, ani ve stánku. *Ještě nedorazili, je to sem lán cesty,* uklidňuju se. Ve štychu bez věcí a bez peněz by mě přece nenechali. Sedím nasucho ve stánku a Tarzanovo řvaní je proti mému žaludku šeptání. Ale nemám tu drzost jít somrovat, hladovkáři přece vydrží i mnoho dní. A dobrovolně. Měl bych si vsugerovat, že vlastně držím dietu.

Proč si něco nedáš? povídá najednou mezi řečí vodák odvedle. Za poslední půlhodinu jsem se s tou cizí partou zakecal, abych zapomněl na hlad. Líčím mu svou dnešní anabázi. *Oni fakt nedorazili?* kroutí hlavou. Kolem je tma tmoucí, je definitivně jasné, že se na mě vyflákli. *Tady máš kilo, pak mi ho pošleš,* říká a plácne o stůl zeleným Karlem. Jsem zachráněn! Beru si adresu a vděčně běžím ke stánku pro párek a pivo. Nebylo mi nic a je mi líp, říkám si, protože hlad po dnešku nepovažuju za *něco*. Ještě že jsem mezi vodáky. A kluci už řeší, kde budu spát. Proto tu vodu tak miluju.

Nacpeme tě do stanu k Daně, říkají, *je ve stanu sama.* Tak to jsem zvědav jak to přijme, už prý je totiž v limbu. Já bych se bábě do stanu nebránil v jakoukoli dobu, ale opačně to obvykle nefunguje. Odhaduji správně. Dana je pěkná a vzteklá, kdyby chtěla někoho vedle sebe, tutově už ho tam má. Nakonec usínám ve stanu u jednoho z kluků, přikrytý neohebnou pěnovou karimatkou, v kraťasech a přímo na podlážce. Komáři už zas mlsají mé krevní destičky, tentokrát i se skrovnou trochou alkoholu a mě budí zima a otlaky na artrotických kyčlích. Taky ruka se probudila z milosrdné anestéze, má horečku a pulsuje. A jako na potvoru, čas běží nejpomalejc, když je člověku mizerně. K ránu je to obzvlášť tvrdé. Můžu se utěšovat tím, že kdyby nebylo občasné mizérie, nerozeznal by člověk ani chvíle, kdy je mu dobře. Slunce mi konečně prohřívá tělo i mysl a útrpně očekávané ráno je tady.

Snídám pivo, na víc už nezbylo, a probírám své možnosti. Buď budu jezdit po všech kempech a místech vhodných k nocování mezi Weinsettlem a Pilařem, z nichž na půlku si nemusím ani vzpomenout, nebo tuto vodu budu považovat za ukončenou a vydám se k domovu. I když by mě po tom všem ani moc nepřekvapilo, kdyby mé věci nechali jen tak ležet na břehu a odjeli. Čert vem věci. Mám toho protentokrát dost. Svetr vážu kolem pasu a zbytky rosy se brodím přes pole na stopa do Mláky. Trvá slabou půlhodinku, než zaskřípou brzdy náklaďáku.

„Co vezete?" povídám mezi řečí. „Ále, vezu nějakou děravou loď z Rozvodí do Veselí, ňáká parta vodáků se s ní nechtěla tahat." Jímá mě temné podezření. „A nepamatujete si, kdo vám jí vracel?" „Počkej, mám to tady v papírech. Nějakej… Jarda Choustník." Parťák. Nechtěli se s ní tahat. Proto mě nechali v loji.

Sbohem, parťáku. A nezůstávej poslední, až s touhle partou pojedeš na singla, říkám si, když přejíždíme poslední předveselský most přes Lužnici.

Jiří Nosek – Pígo

Ďáblův ostrov

Byl červen a my se prodírali neuvěřitelnou zelenou džunglí kolem Starý řeky. Příroda vypadala, že se po dlouhý zimě zbláznila a trhá rekordy v růstu. Prošlapávali jsme cestu kopřivama, nejrůznějšíma lopuchama, maliním a dokonce i divokým chmelem.

„Kterej cvok tohle vymyslel?" nadával vpředu Baky.

Dostali jsme totiž nápad, že se při sjíždění Starý řeky vyhneme všem kempům a budeme tábořit volně v přírodě, pokud možno na co nejzajímavějších místech. Podle mapy tady někde měly bejt trosky Ďáblova mlejna.

„Jak jsem měl vědět, že to tady bude tak zarostlý?" zavrčel Česnek, kterej šel v uctivý vzdálenosti za ním, aby jednu neschytal. Vytáhnul jsem mapu.

„Za chvíli už by to mělo bejt lepší, ten starej mlejn už je blízko."

Česnek Bakyho vystřídal v čele a srdnatě prošlapával cestu.

„Třeba tam najdu zámek se Šípkovou Růženkou," zasnil se.

„A co jí řekneš? Leda tak: Já se tu prosekávám tím trním jak blbec a ty si tady klidně chrápeš!"

„Políbil bych ji, nechal se korunovat a vládl šťastně a spravedlivě."

Pokračoval dál. Častovali jsme ho vtipnejma poznámkama na jeho zaujetí v hledání zakletýho zámku. No, náramná legrace, minimálně do doby, kdy narazil na kamennou stěnu. Smích nám na rtech odumřel.

„Tady fakt něco je!"

Zámek to samozřejmě nebyl a Česnek musel svoje feudální sny odložit na neurčito. Byl to hledanej mlejn, ze kterýho zbylo jenom kamenný zdivo, tu a tam vyspravený polorozpadlou cihlou. Celý okolí bylo zarostlý hustým křovím, ale uvnitř zdí byl travnatej plácek, rovnej a suchej. My chlapi jsme se vrátili pro lodě a splavili je ten kousek po proudu, holky zatím čistily místo na táboření. A taky nás navigovaly, abysme věděli kde přistát, z vody ten mlejn vidět nebyl. Za hodinku už vesele blikal oheň a my si vařili večeři. Řeka pod náma tiše šuměla, sem tam se ozvala kačena nebo pleskla ryba a na oblohu se vyhoupnul Měsíc v úplňku. Hastrman vytáhnul kytaru. Nastala pohoda, ta pravá, vandrovní a vodácká, kvůli který stojí za to svoje kosti tahat po cestách, po kterých by jinak žádnej duševně zdravej člověk vůbec nechodil. Lehnul jsem si na záda a koukal se, jak nade mnou blikaj hvězdy a postupně blednou, když jim nebeskou cestu kříží Měsíc. Pak jsem usnul.

„Hej, Rooku," probudil mě Baky, „někdo tady chodí."

Oheň už dávno nehořel a okolí bylo modrý od měsíčního svitu. Podíval jsem se tázavě na Bakyho.

„Poslouchej!"

Kromě obvyklejch zvuků jsem napřed nic jinýho neslyšel. Pak se ozvalo jemný zapraskání, jako když se něco opatrně prodírá křovím. Na chvíli to ustalo, zase se to ozvalo o kousek dál a ztichlo.

„Vypadá, že je jich víc," zašeptal jsem.

„Vysoká?" řekl Baky.

„Možná."

Baky hodil na uhlíky pár větviček. Oheň vzplál a na chvilku mě oslepil.

„Viděl jsi to?" ozval se Baky, kterej místo do ohně koukal do tmy.

„Co?"

„Něco se tam zablesklo, jako kov."

„Plechovej jelen? To se ti něco zdálo," poulil jsem marně oči do tmy.

Pak už bylo ticho a šumění řeky nás oba uspalo.

Probudil mě cinkot ešusů a vůně opejkanýho lančmítu. Neznám po ránu krásnější vůni. Vysoukal jsem se ze spacáku a šel se podívat po stopách. Nikde nic. Najednou to vedle mě zapraskalo tak, že jsem nadskočil. Z křoví na mě vykoukla Bakyho hlava.

„Copak, nervy?" uchechtnul se.

„Tak co, našel jsi něco?"

„Je to divný, stopy tu žádný nejsou. A pokud tady chodíš, dělá to kravál daleko větší."

„Takže to vypadá spíš na nějaký ptáky," napadlo mě.

„To by mohlo bejt," připustil Baky, „ale co ten odlesk?"

„Kdoví, cos viděl," řekl jsem a s tím jsme naši stopařskou etudu ukončili a vrátili se k ohni.

Hastrman byl pryč, šplhal po zbytcích zdiva a nakukoval do nejrůznějších výklenků a zákoutí. Zakrojil jsem chleba, Betty mi přistrčila víčko od ešusu s plátkama opečeného lančmítu, na ohni už vonělo ranní kafe. Natáhnul jsem se na celtu a baštil. Noční můry byly pryč a vystřídalo je nádherný vodácký ráno. Idylku narušil rachot padajícího kamení a tlumenej Hastrmanův výkřik, kterej až podezřele rychle odumřel. Ve vteřině jsme byli na nohou, Hastrman se neozýval a my se začali bát. Mezi troskama mlejna jsme našli díru do země. Z jejích okrajů trčely ztrouchnivělý trámy a dole byla tma. Pak jsme zaslechli z hlubiny šramot.

„Hastrmane!" volali jsme.

„Neřvěte tu a podejte mi baterku!" juknul na nás neuvěřitelně špinavej Hastrman.

„To se nemůžeš ozvat?" obořila se na něj Betty, „víš jak jsme se báli? Jsi celej?"

„Nic mi není, pár oděrek a naraženej loket. Je tu nějakej sklep. Podejte mi tu baterku!"

To už se dolů spouštěl Česnek s baterkou v ruce. Za chvíli se oba vynořili s okovanou truhličkou.

„Tohle tam bylo, jinak nic. Není to moc velký, jestli chcete, běžte se taky mrknout," nabídnul nám světlo Česnek. Hastrman zatím táhnul úlovek k ohništi. Hupli jsme do díry. Opravdu tam nic k vidění nebylo, tak jsme se vydrápali zase na denní světlo. U ohně kluci zkoumali truhličku. Kování bylo hodně zrezavělý, dřevo trouchnivý, byl skoro zázrak, že to vůbec drželo pohromadě.

„Otevřeme to?" navrhnul Česnek nedočkavě.

„Neměli bysme to někde odevzdat?" zeptala se místo odpovědi Bobina. Nějak se její návrh nesetkal s pochopením.

„Stejně se to rozpadne, než to někam doneseme," řekl jsem a vzal zkusmo za zámek. Zůstal mi v ruce.

„A je to," prohlásil Baky a opatrně otevřel víko.

Objevila se nějaká látka, asi voskovaný plátno, a v něm bylo něco zabaleno. Rozbalili jsme to. Byla tam zaprášená láhev se zavoskovaným hrdlem.

„Ty jo! Třeba je tam nějakej starej chlast. Děsně vzácnej, kdo ví, jak dlouho to tam leželo," mlsně se olizoval Česnek.

„Podíváme se," řekl jsem a šel umejt láhev k vodě.

Moc to nepomohlo, sklo bylo tmavý. Ale když jsem se podíval proti slunci, bylo mi jasný, že si Česnek musí nechat zajít chuť. Uvnitř byl svitek. Oznámil jsem ten objev ostatním a pak už to byla jenom otázka minut, než jsme ho dostali na světlo. Byl to pergamen, tenunká vyčiněná kůže. Na něm byla zpráva, napsaná starobylým písmem a archaickým jazykem. Ale byla to čeština. Luštili jsme to skoro hodinu. Přepsáno do alespoň trochu srozumitelný formy a při zachování atmosféry textu to bylo zhruba takhle:

Já, poslední z rodu mlynářů Biseinbrumerů, s vědomím blížícího se konce svého, zanechávám odkaz smělým, kteří najdou moji zprávu. Moji předci byli piráti a uzavřeli smlouvu s ďáblem, zaprodavše mu duše svoje. Domohli se tak značného jmění. V dalekých zemích získali magické předměty a pohanský amulet, zajišťující majiteli bohatství a blahobyt. Jejich potomci koupili tento mlýn a užívali zlato a peníze pro potěchu svoji a pramálo starali se o poctivou práci. Ďábel ale na dluh nedává a tak po nějaké době zlato došlo a mlýn zchudl. Můj hříšný otec zemřel mlád a já coby jinoch dostal mlýn. Obrátil jsem se k Bohu a pokusil se ho zachránit. Ďábel však neodpouští a konec můj se přiblížil. Magické předměty i amulet jsem zakopal na ostrově. Cestu hlídá hrob opičího krále.

„Ty jo! Budeme hledat poklad!" zaradoval se Česnek.

„Tady v tý džungli, jo?" mírnil jeho nadšení Hastrman, „Betty, podívej se, co nám píše o tomhle mlýnu místní průvodce."

Betty nalistovala příslušnou stránku. Stálo tam:

Legenda praví, že od temných dob středověku stával na Staré řece Ďáblův mlýn. Jeho mlynáři byli potomky pirátů a po generace sloužili silám pekla. Jednoho dne se jeden z nich vzepřel a obrátil se k Bohu. Nad mlýnem se začala stahovat temná mračna. Mlynář proto vzal poklad, který mlýn po generace ukrýval a odvezl jej na jiné místo na řece. Pak blesk zapálil mlýn a dílo zkázy dokonala povodeň, která se po prudké bouři přihnala. Zoufalý mlynář odešel dožít svůj život do kláštera. Současně s pokladem zmizela i mlynářova opička Hanuman, potomek opiček, které si jeho předkové přivezli ze zámoří.

„To odpovídá tomu dopisu," užasla Betty.

„Jestli je autentickej, je docela dobře možný, že poklad ještě někde na řece bude," řekl Hastrman.

Baky koukal do pergamenu.

„Tady se píše o nějakým ostrově, říká vám to něco?"

„Může a nemusí," nadhodil jsem, „ostrůvky se na řekách během století objevujou a zase mizí, podle toho, jak která povodeň něco naplaví nebo naopak odnese. Ale to asi nebude tenhle případ, předpokládám, že si mlynář pro úkryt vybral nějakej větší ostrov, kterej mu zaručil, že tam zůstane navěky."

„Měli bysme se podívat do mapy," navrhla Betty.

„Už se stalo," triumfoval Česnek a píchnul prstem do mapy.

Byla na ní část Starý řeky s mlýnem. A kousek po proudu na řece ostrov byl! Zdálo se to bejt úplně jasný.

Myslím, že už nikoho ani nenapadlo, že bysme pergamen někam odevzdávali. Naopak, hned jsme si začali plánovat, jak poklad objevíme.

„Dneska do setmění dojedeme k ostrovu, utáboříme se a schováme lodě. Nikdo nemusí vědět, že tam něco hledáme. Prozkoumáme ho a najdeme poklad. Klidně se tam zdržíme i o den dýl. Pak jenom sjedeme šest kiláků k Horákovskýmu mostu," rozvášnil se hledač pokladů Česnek, „tam můžeme skončit."

Večer nás zastihnul na vodě. Sunuli jsme se po Starý řece a přibližovali se k místu, kde se rozdvojovala a obtejkala ostrov. Jeho břehy byly porostlý ostřicí a kopřivama a stálo na něm pár osamělých stromů, včetně jednoho velikýho dubu. Ve střední části byl lesík nějakejch jehličnanů, kterej se táhnul až na jižní cíp. Z dálky to vypadalo na borovice.

Prvním úkolem bylo najít místo k přistání. Na severní straně, odkud jsme připluli, byl plochej břeh až k vodě a samý bahno. Moc se nám tam nechtělo. Obeplouvali jsme ostrov z levý strany. Tam byl břeh dost vysokej a zarostlej, bez možnosti se nějak rozumně vylodit. Délka ostrova od severu k jihu byla tak půl kilometru, takže jsme byli za chvilku na jižním cípu. Překvapilo nás, že stromy v půlce ostrova byly ohořelý. Co je asi mohlo zapálit? Moc jsme to nezkoumali, padala už tma a my zatím byli pořád ještě na vodě. Po pravý straně jsme se vrátili, ale přístup na břeh nikde. Česnek s Hastrmanem se obětovali, bosky hupli do bahna a vytáhli lodě na souš. Stáli s černejma a smradlavejma nohama a nadávali. Ani naše ujištění, že nám vůbec nepřipadá, že by čistota jejich nohou byla v nějakém horším stavu, než jsme u nich zvyklí, je vůbec neuklidnilo. Vydali jsme se na první průzkum ostrova. Museli jsme najít místo na noc. Hned po pár metrech jsme našli kamenitou plošinu s naplavenou hromadou dříví. Ideální místo pro oheň a kousek nad tím byl rovnej, travnatej plac. Přímo pod obrovským dubem. Dál už jsme ani nešli a chystali camp. Průzkum byl odložen na druhej den.

„Pojďte se podívat, co jsem našel!" volal najednou Baky.

Stál u malý tůně, tak tři metry v průměru. Všimli jsme si, že z ní vede kanál směrem k vodě, kde se ztrácel v trávě a rákosí. Tůň byla spojená s řekou a vytvořila tak ideální přístav, pro kohokoliv z řeky naprosto neviditelnej a chráněnej. Přetáhli jsme tam lodě.

V noci mě opět probudilo zalomcování.

„Rooku, tady zase někdo chodí," cloumal se mnou Baky.

Už mi to nepřipadalo originální.

„Zase slyšíš vysokou?"

„Kde by se tady vzala? Prober se! Fakt tady někdo chodí."

„Tys někoho viděl? To budou zase ptáci," nechtělo se ze spacáku.

„Říkám ti, že tu někdo je, zahlídnul jsem ho u těch spálenejch stromů. A zase tam něco blejsklo."

Tak jsem se z vyhřátýho spacáku přeci jenom vysoukal. Dala se do mě zima. Nevím, kolik bylo hodin, ale na východě už bledla obloha a nad řekou se líně povalovaly chuchvalce mlhy. Došli jsme ke spálenýmu lesíku, zastavili se a poslouchali. Zase se ozývalo tichounký šelestění, jako by někdo jenom zlehka hladil trávu. Bylo to strašidelný.

„Slyšíš?" zašeptal Baky, „a tohle bylo přímo u nás, probudilo mě to."

„Jo," přisvědčil jsem, „zní to jako kdyby se plazil nějakej had, ale asi to může bejt i malej pták."

Marně jsme poulili oči do tmy. Zvuk se pomalu vzdaloval, až jsme si nebyli jisti, jestli ho ještě slyšíme, nebo se nám jenom zdá. Čekali jsme asi dvacet minut a pak to Baky vzdal. Vraceli jsme se. Zdržel jsem se z ryze přírodních důvodů u jednoho stromu na kraji. Ještě naposled jsem se otočil. Patnáct metrů ode mě, v cárech mlhy od řeky, stála tmavá postava. Zíral jsem na ni, byla jakoby rozmazaná a naprosto nehybná. Nevím, jak dlouho jsem civěl, než mi došlo, že to asi bude nějakej pahejl stromu, že takhle dokonale nehybně nikdo stát nemůže a že jsem se stal obětí optickýho klamu. Ulevilo se mi. Jenže jak jsem šel zalézt a dospat zbytek noci, koutkem oka jsem zahlídnul pohyb a v matným světle přicházejícího svítání se něco zablesklo. Než jsem si uvědomil, co jsem viděl a podíval se pořádně, uplynul zlomek vteřiny. Ale bylo pozdě, už tam nic nebylo! Ve mně zbyl jenom mrazivej pocit, že jsem tam viděl chlápka s železnou helmou z třicetiletý války na hlavě!

Ráno mi nebylo úplně nejlíp, byl jsem nevyspalej, protože jsem po tom nočním zážitku dlouho nemohl usnout a pořád jsem poslouchal, jestli se neozve šustění. A ten zmetek Baky, kterej za to mohl, vedle mě spokojeně chrněl a nevěděl o světě. Měl jsem na něj vztek. Naštěstí už zase vonělo kafe. Slunce, který dávno rozpustilo mlhy nad vodou, vyhánělo i noční můry z mojí hlavy.

Česnek už šmejdil po okolí a pátral po hrobu opičího krále, ať už to bylo cokoliv. Postupně jsme se přidali. Po půlhodině zmateného pobíhání bylo jasný, že tudy cesta nevede.

„Musíme udělat rojnici," zavelel Česnek, „vezmeme to systematicky. Kdo najde něco podezřelýho, zařve a všichni se zastaví."

Výsledek nebyl lepší a další hodina byla v háji. Slunce připalovalo a my se šli na chvilku plácnout pod obrovitej dub. Betty koukala do koruny a o něčem dumala.

„Třeba je to hádanka," prohlásila najednou.

„Co jako?"

„Ta zpráva o hrobu opičího krále."

„Jak to myslíš?"

„Mohl tady bejt ten dub už tenkrát?"

Kouknul jsem po tom stromu.

„Asi jo, je to pořádnej macek a duby rostou dlouho."

„A opice žijou na stromech, ne?"

Konečně jsme pochopili a Hastrman, náš nejlepší lezec, se vydal do koruny.

„Je to dutý, hoďte mi baterku."

Dostal, čeho se mu žádalo a na chvíli nám zmizel. Když vylezl, držel v ruce flašku a balíček plátna. V láhvi byl zase pergamen a v plátně ebenově černá soška a hromádka kostí. Našli jsme Hanumana.

Tady skončil můj dobrý Hanuman, potomek opičích králů z Indie, o nichž hovoří dávné pověsti. Tento amulet dokáže seslat neštěstí na vaše nepřátele. Pokud ho použijete neprávem, obrátí se proti vám. Zacházejte s ním opatrně! Hlas bohů barvy Ohnivého kovu najdete tam, kde se jeho barva sbližuje s Neptunem. Vzdejte úctu Hanumanovi i jeho předkům ve vzdálené Indii na východě. Jejich směrem najdete i amulet barvy Měsíce.

„Zase hádanky, myslel jsem, že to už bude konec," řekl Hastrman a zklamání z něj přímo čišelo.

„To bys to měl moc snadný," zasmál jsem se, „uvědom si, že hledáme poklad, kterej už je pár set let ukrytej a navíc pochází od samotného ďábla. Kdyby ho mohl najít každej trouba, nevydržel by tak dlouho."

„Kdo je u tebe trouba?" pohoršil se.

„A chceme ho vůbec najít? Když je to od ďábla!" zděsila se Bobina.

„Přece bys nevěřila na pověry?"

„Abyste se nedivili!" urazila se.

Česnek popadl černou sošku, namířil na Bobinu a zařval:

„Zaklínám tě černou smůlou do sedmého kolena, ať tě mravenci poštípou a sežerou svačinu, huáá."

„Ty jsi ale blbej, viď?" odsupěla pryč.

„Tak sorry, nerozumíš srandě?" bránil se Česnek a vydal se ji uklidňovat. Najednou zařval a složil se k zemi. Doběhli jsme k němu.

„Co je ti?"

„Šlápnul jsem do nějaký díry a zvrtnul si kotník."

Měl v očích slzy a zaťaty rty, muselo ho to bolet jako prase. Noha mu zůstala zachycená za kořen a museli jsme sundat botu, abysme ho vyprostili. Noha nabrala modrofialovou barvu a otekla. Bylo vyloučený, aby se Česnek znova obul.

„To máš z toho, že blbneš!" vyjela na něj Bobina.

„Ale já zaklel tebe," heknul.

„Jasně se tam píše, že když ten amulet použiješ neoprávněně, stihne tě trest."

Jeho obvyklá sebejistota se vytratila a bylo vidět, že mu to vrtá hlavou. Uložili jsme ho a do bezpečný vzdálenosti od něj dali i naše nálezy. Jenže co dál?

„Je jasný, že to bude na východ a blízko u vody," řekla Betty.

„Hm, ale co znamená ten Ohnivej kov?" meditoval nad pergamenem Baky.

„Tipoval bych to na nějakej červenej kov, měď, mosaz, zlato, bronz," řekl jsem.

„Zlatu se říkalo Sluneční, pokud vím."

„Tak to bude asi bronz."

„Takže hledáme bronz u vody na východě?" uzavřel Baky.

Šli jsme po východním břehu a prolejzali křoviska, odklápěli kameny a hledali. Dlouhou dobu bezvýsledně. Pak ale naštěstí Hastrmanovi ujela noha a s řevem spadnul do vody.

„Že by pořád ještě fungovala ta kletba?" pošklebovala se mu Betty.

„Houby kletba, je tady pod drnama schovanej pěkně kluzkej kámen," prskal vodu Hastrman.

„A neměl jsi zůstat suchej, když jsi ten vodnickej?"

„Ještě chvíli provokuj a budeš mokrá taky," vyhrožoval.

Betty se moudře stáhla od vody a Hastrman se drápal ven. „Mám to," ozval se.

Hned jsme byli u něho. Odhrnul obrovskej drn z kamene a na jeho ploše se objevil bronzovej kříž. Byl zapuštěnej do povrchu. Po prvních pokusech s ním pohnout, různě zatlačit a vyrejpnout nožem, jsme otrhali zbejvající drny a celej ho odkryli. Šutr nebyl žádnej drobeček. Část, která vyčnívala, byla skoro kulatá, čtyři metry v průměru. Jak velká část byla ještě pod zemí, jsme se mohli jenom dohadovat. Jedna jeho strana mizela v řece. Hastrman se znova sesunul pod vodu.

„Co blbne?"

„Třeba je mu horko," plácnul jsem.

Za chvíli vyplaval.

„Ten šutr je dutej," oznámil nám, „ale je tam tma."

Stvořil igelitovou kouli s baterkou uvnitř, převázanou gumičkama. Vydávala mdlý světlo. Od ohniště halekal zraněnej Česnek, na kterýho momentálně nikdo neměl čas a tak byl beze zpráv. Máčel si oteklou nohu v tůni a tvářil se kysele. Nechali jsme ho tak a předali svítilnu Hastrmanovi. Kolem pasu si uvázal koňadru a zase se potopil. Viděli jsme, jak pod vodou bliká bludička světla, která najednou zmizela. Zatahal jsem za koňadru a okamžitě přišla odpověď v podobě dvojího trhnutí. Docela se nám ulevilo, byl tam dole už přes minutu. Po dvou minutách už to bylo divný, ale pořád nám na signály odpovídal.

„Ten má snad žábry," kroutil hlavou Baky.

Jako by to slyšel, Hastrman se vynořil. V ruce držel další láhev a balíček voskovaného plátna.

„Je tam dutina a v ní vzduch, vlhkej, smradlavej, ale dejchatelnej."

Rozbalili jsme balíček. Na rozbaleným plátně se na nás šklebil stříbrnej pajdulák a bronzová flétnička. Na pergamenu z láhve byla zpráva.

Tato kouzelná flétnička dokáže přivolat mayského boha radosti tomu, kdo na ni zahraje. Po celý další rok pak bude on i ti, kteří to uslyší, veselí a dobré mysli.

Kouzelná flétna umí i odhánět zlé duchy nemocí. Poklad ze Slunečního kovu je na cestě opičího krále k Neptunovi. Najdeš ho na prahu cesty do pekla nebo středu země.

„Tak je to jasný, ne?" řekl Česnek, když jsme mu to dali přečíst.

„Ne!" přiznali jsme.

Betty se chytla.

„Hledáme díru do země, na půlce cesty mezi tím dubem a dutým kamenem. Je to tak?"

„Podle mě jo."

Zvedli jsme se a šli. Odkrokovali jsme si půlku vzdálenosti a začali kopat. Moc to nešlo, zem byla kamenitá a my měli jenom jednu sekyru. Místo navíc leželo přesně uprostřed spáleniště a cestu nám blokoval propletenec kořenů. Blížil se večer a s ním se nad lesem za řekou objevily mraky. Vypadalo to na pořádnou letní bouřku po horkým dnu. Metr pod povrchem konečně cinknul kov o kov a my odkryli kovovej poklop a trochu lehkomyslně ho otevřeli. Na provaze tam visela další láhev a soška ze žlutýho kovu. Šachta pod poklopem byla skoro hladká a vedla do hloubky, dno vidět nebylo. Světlo baterky dosáhlo tak pět metrů a pak vypadalo, že ho něco žere. Čekal bych, že šachta bude plná vody do úrovně řeky, ale žádnou jsem neviděl. Vytáhli jsme láhev i sošku ven. Vyrazilo nám to dech, drželi jsme v ruce asi tak dvě kila zlata! Šlo z ruky do ruky a dlouho si nikdo nevšímal láhve s posledním pergamenem ani počasí nad hlavou. A to byla chyba.

„PRÁSK!"

Na nekonečnou setinu vteřiny se celý okolí rozzářilo bílo-modrou září. Blesk udeřil zrovna ve chvíli, kdy jsem podával zlatou sošku Bobině. Když jsem po oslnění znova viděl, soška nebyla. Měli jsme s Bobinou ruce kousek od sebe, mezi prstama nám přeskakovaly modrý jiskřičky. Dole na nás zíral chřtán šachty. Tam do hlubiny padala zlatá soška. Strom deset metrů od nás hořel plamenem. Z ustrnutí nás probral Baky.

„Volové, zdrhejte!"

Doběhnul na planinku a zalehnul. Plácli jsme se vedle něho. Spustil se déšť.

„Postavíme přístřešky?" zeptal se Hastrman.

„Za co je chceš přivázat?"

„K těm stromům."

„Co blesky?" namítla Bobina a prohlížela si prsty, jestli ještě jiskří.

„Dvakrát do jednoho místa nepraští."

„PRÁSK."

Další strom byl v plamenech. Do zad nám bušily kapky deště a od ohniště hulákal Česnek. Neviděl nás a bál se, co je s náma. Doběhli jsme k němu, naházeli na hromadu věci, nacpali se mezi ně a přikryli se igelitama.

„Vzal někdo tu láhev?" vzpomněl jsem si.

„Mám," vytáhnul ji Baky.

Byl v ní další pergamen.

Ty, kdož jsi došel až sem, věz, žes projevil důvtip i statečnost. Nalezený talisman ti právem náleží. Pomni však, že záleží na tom, jak ho použiješ. Neopakuj chyby, které udělal můj rod, neboť cesta do pekel je krátká, přímá a dlážděná diamanty. Talisman má moc přivolat blahobyt a bohatství tomu, kdo jej vlastní i jeho přátelům. Dary pro tebe k peklu vedou, pro přátele do nebe. Na to nezapomeň, jinak skončíš jako my, protože Ďábel neodpouští. Já za to platím teď daň nejvyšší. Zde docházívá k boji nebes se silami podzemí, není to místo pro

smrtelníka, dlouho tady nesetrvej. Zvaž, zda není lepší tyto amulety
vhodit do pekelné jámy. Já to nedokázal. Bůh buď milostiv mojí duši.
Matyáš Biseinbrumer
L.P. 1762

„Co uděláme?" zeptal se Česnek.

„Na pověry sice nevěřím," odpověděl Baky, „ale tohle se mi moc nelíbí, hodil bych to tam a mazal pryč."

„V bouřce tam nepůjdu ani za zlatý prase," odmítl jsem, „a vyplout potmě se mi taky moc nechce."

„To tady chceš ležet celou noc a moknout?"

„Zima není, spacáky máme skoro suchý, už jsme přečkali horší, ne? Kromě toho, vleže máme nejlepší šanci, že do nás neuhodí."

Na důkaz to znova prásklo, až se země zatřásla. Po tom se i holky postavily na mojí stranu. Vlezli jsme do spacáků. Žádný pohodlí, ale bylo teplo. I tak byla noc dlouhá.

Po svítání pořád ještě pršelo, ale aspoň ustala bouřka. Koukal jsem, jak se kanoe pohupujou na hladině laguny. Chvíli trvalo, než mýmu ospalýmu mozku došlo, že je něco špatně. Lodě byly nějak moc vysoko. V hlavě mi zavřeštěl alarm: voda stoupá! Rychle jsem probudil ostatní. Naházeli jsme věci do barelů a loďáků, posbírali pádla. Baky vzal všechny naše nálezy a sprintoval k díře. Zem kolem ní byla spálená, z pahýlů stromů se kouřilo. Hodil všechno do díry a přirazil poklop. Na něj nahrnul hlínu a kameny. Nikdo mu v tom nebránil, měli jsme toho všeho tak akorát. Naskákali jsme do lodí. V okamžiku, kdy jsme odrazili, do stromů zase prásklo. Řeka nás popadla. Projeli jsme úžinou, minuli jižní cíp ostrova a vzdalovali se od něj. Naposled jsem se otočil. Zrovna uhodil do ostrova blesk a v jeho světle jsem na kratičkej okamžik zahlídnul stát v dešti tmavou postavu a odlesk blesku na její hlavě. Myslel jsem, že mám halucinaci, ale Baky to viděl taky.

„Viděl jsi to?" šeptnul.

Jenom jsem kejvnul.

Na nějaký řeči nebyl čas, museli jsme se v proudu docela ohánět, voda nás strkala sem tam korytem, vyhejbali jsme se plouvoucím kládám, sjeli jez v Dubovci, prohnali se peřejí pod ním a nechali se rychlým proudem unášet k Horákovskýmu mostu a vodáckýmu tábořišti u něj. V cestě už byl jenom jeden jez, provalenej Horákovskej, známej svejma kůlama, který tam trčí vpravo od propusti. V daný situaci by bylo určitě rozumnější zastavit a lodě přenést po břehu, ale chtěli jsme to mít co nejdřív za sebou. Vletěla tam napřed kanoe s Česnekem, Bobinou a Bakym. Proud je hodil na kůly, jen tak trochu je bokem štrejchli, ale v tý rychlosti to bohatě stačilo na převrácení. Řeka byla najednou plná plovoucích pádel, barelů, loďáků i našich kamarádů.

„Rychle za nima," přeřval hukot jezu Hastrman.

Vlítli jsme do proudu, ale ještě hůř než oni. Zapíchli jsme se mezi kůly a s trhnutím se zastavili.

„Doprčic, co budeme dělat?" vztekal jsem se a snažil se pádlem odrazit.

„Ukroutíme to," prohlásil Hastrman a rychle kontroval. Pádloval jsem proti, ale dno uprostřed sedělo přímo na kůlu. Točili jsme se, ale zůstávali viset.

„Betty, přelez k Rookovi na záď, musíme odlehčit prostředek."

Nakonec jsme se uvolnili, bohužel právě v okamžiku, kdy jsme byli napříč proudem. Strhlo nás to, průjezd jazykem jsme ještě ustáli, ale než jsme se srovnali, narazili jsme na šutry v peřeji a za zlomek vteřiny taky plavali. Chytali jsme co šlo, Hastrman držel loď a snažil se ji zastavit. Marně. Doplavali jsme až k brodu u tábořiště. Jedna loď měla díru od kůlu a chybělo pádlo, jinak jsme měli všechno. Mohlo to dopadnout hůř. Česnek pajdal po břehu a klel.

„Ztratil jsem tu flétničku, asi se utopila!"

„Jak to, vždyť Baky všechno hodil do díry," divila se Betty.

„Stopil jsem jí, v tom fofru jste si toho nevšimli. Co mohlo bejt špatnýho na talismanu, co nosí štěstí, co uzdravuje?"

„Jseš vůl," řekl jsem a dál to nekomentoval.

Nemusel jsem, všem nám v tom okamžiku bylo jasný, že jsme se museli převrátit a že Česnek tu flétničku musel ztratit. Něco ji moc chtělo zpět. A taky jsme věděli, že za chvilku bouře skončí a voda opadne. Už pro ni nebyl důvod. Šli jsme do tábořiště na horkej grog.

Jan Frána – Hafran

Oko v hlavě

Unesli ho.

Úplně sprostě ho unesli. Degeni.

Využili tu chvilku, co byl s Fištou a s Pampeliškou, když jsme já a Kyborg šli na tom blbým nádraží vyzvednout naše lodě. Holky, jo, neměly šanci proti čtyřem degenům a celý nástupiště, jako vždycky, jenom civělo. Tak jim ho degeni zkrátka vyrvali a zdrhli. Prostě degeni. Vypatlaný.

Tam u nich mu každou vteřinu hrozilo čím dál větší nebezpečí, chápeš.

Museli jsme něco udělat.

Okamžitě.

Spustili jsme s Kyborgem jednu loď na vodu a pádlovali jsme po Duhový řece na jejich území. Tak rychle, jak to šlo. Přistáli jsme u takovýho stromu, co z něj visely větve skoro až k hladině. A všude kolem bylo chroští. Dobrej flek, pro nás. Vytáhli jsme loď na břeh a schovali jsme ji pod ty keře. Z báglů jsme vyndali maskáčový bundy. Kalhoty jsme už měli na sobě. Kyborg si narazil hučku, maskáčovou. Já si uvázal na palici svůj zelenej pirátskej šátek. Ruce a čenichy jsme zamazali maskáčovejma barvičkama.

A šli jsme na to.

Nejdřív lesem. Zrychlenej přesun k jejich osadě. A pak plížení. To už jsme byli dost blízko. Byli jsme zavrtaný pod nějakým černým bezem, nebo co to bylo, a obhlíželi jsme terén.

Dole – padesát, šedesát metrů před námi – na louce na břehu řeky stál srub Velkýho Degena a kolem něj se plácaly ve větru stany. Bylo jich třináct, jestli si to dobře pamatuju.

Koukal jsem na ten srub a přemejšlel jsem: Kde ho můžou mít? Tady? Nebo jinde?

Vtom kus ode mě, vpravo, zašustila tráva. Degen.

Táhnul takovej ten velkej umělohmotnej kbelík s vodou.

Asi byl někde u studánky nebo u čeho, jo, a teď se vracel.

Ty vado.

Zacouval jsem trochu zpátky a zvednul jsem se do dřepu. A čekal jsem, až degen půjde kolem. Neviděl mě. Vůbec. Huhňal si tu dementní vodrhovačku z reklamy na Lentilky. Degen. Když byl tak metr ode mě, chytil jsem ho za bradu a vsáknul jsem ho do křoví. I s kbelíkem. Tiše. Nestačil ani kváknout.

Dostal roubík, ruce jsme mu svázali za zádama a rychle jsme se stáhli.

Když už mně připadalo, že jsme dost daleko, zastavil jsem, nabořil jsem degena do trávy a svázal jsem mu i nohy. „Budeš řvát?" povídám. Zakroutil řepou. „Jestli jo…" Kleknul jsem si vedle něj a vytáhnul jsem mu z tlamy roubík. Povídám: „Tak mluv. Co jste s ním udělali?"

„S kým?"

„Srandičky, jo? Vy degeni, jestli jste ho…"

„Ani jsme se ho nedotkli. Zatím."

„Kde ho teď máte?"

Degen mlčel.

„Chceš to říct po dobrým, nebo po zlým?"

Degen zase nic.

Kyborg mi poklepal na rameno. „Hele, klíšťata," povídá. Koukal se na křoví, co bylo nejmíň tři metry od nás, jo. Se svejma dioptriema tam nemoh vidět ani čmeláka, natož klíště, ale to nevadilo. Nemusel jsem moc dlouho přemejšlet, abych pochopil, co tím myslí. Otočil jsem degenovi hlavu směrem ke křoví a povídám: „Co ty na to? Klíšťata. Co bys řek? Jsou nakažený borreliózou, nebo encefalitidou? Když tě přivážeme támhle k tomu stromu, tak budeš jako u nich v jídelně."

„Nooo, borrelióza je fakt svinstvo," uvažoval Kyborg nahlas. „Ale encefalitida je horší. To máš úplně po legraci, hele."

Degenovi se vrátila řeč. „Vy magoři, vy... vám by to bylo podobný."

Kejvnul jsem.

„Hele," povídám, „máš dvě možnosti. Buď řekneš, kde je a my tě rozvážeme, nebo to neřekneš a..."

Degen propadnul panice. „Hajzlové, to... vám... nahoře nad boudou, ve stráni, je takovej malej sklep. Ale vy stejně nemáte šanci."

„To nech na nás, jo." Vzal jsem roubík a podal jsem ho Kyborgovi. „Na. Teď mu ho dáš ty."

A degen: „Co?! Proč? Slíbili jste, že mě rozvážete, když..."

„Lhali jsme," řek jsem.

Kyborg mu nacpal roubík zpátky do pusy a odvalil ho svázanýho blíž ke křoví. Nezbejvalo nám moc času. Museli jsme počítat s tím, že se po něm ostatní degeni dřív nebo pozdějc budou shánět. Možná. U degenů člověk nikdy neví.

Plížil jsem se po stráni dolů k tomu sklepu. Kyborg ležel za mnou ve vysoký trávě a kryl mi záda. Po pár metrech mě vystřídal. Podle plánu. Museli jsme si fakticky dávat pozor. Bylo děsný ticho. Degeni měli polední klid, asi, nebo co. Kyborg byl už skoro u sklepa. Ležel za takovým nízkým rezavým smrčkem a rozhlížel se. Mohla tam někde bejt stráž, mohly tam bejt miny, mohlo tam bejt kdeco. Velkej Degen je schopnej úplně všeho. Fakt.

Byla tam stráž.

Degen se železnou tyčí. Měl za opaskem nůž. Z náprsní kapsy na zelený vestě mu trčela vysílačka. Podřimoval. Nebo dělal, že podřimuje. Kyborg to musel risknout. Připlížil se až k němu, jako tichej metrákovej stín, hele, jednou rukou mu zacpal pusu a druhou zmáčknul krk. „Ani se nehni," zašeptal, „nebo ti utrhnu makovici." Degen viděl Kyborgový hydraulický pazoury a nepochyboval o tom. Zůstal v klidu. Já jsem slez po stráni k dvířkům od sklepa a pomalu, pomaloučku jsem je otevřel.

Vevnitř jsem rozsvítil baterku.

Hned jsem ho našel. V koutě, mezi nějakejma plechovkama a pytlem brambor.

Ty vado.

Vzal jsem ho do náruče a vykouknul jsem ze sklepa, jestli je čistej vzduch.

Byl.

„Vodchod. Padáme," syčel jsem na Kyborga. Ten kejvnul. Mazal jsem po stráni nahoru do lesa.

Kyborg to jistil, dokud jsme nezmizeli z dohledu. Pak zavřel degena ve sklepě na petlici a hnal za náma. Degen ze sebe nevypravil ani slovo. Nejspíš mu trvalo pěknejch pár minut, než vůbec popadnul dech, po tom přiškrcení. Ale to už jsme dávno byli pryč.

Běželi jsme bez zastávky až k lodi. Teprve tam jsme si dali pohov. Na chvilku. Bylo jistý, že degeni už nemají nárok, ani kdyby někde splašili čuchacího psa, protože jsme pořádnej kus cesty běželi potokem. Prostě neměli nárok, degeni. Zmákli jsme to.

Jo, ty vado.

Třískli jsme s Kyborgem dlaní o dlaň, vítězně, chápeš. A koukli jsme se na něj.

Byl v pořádku. Pár škrábanců, ale...

Ty vado.

Zase byl náš.

Kulatej. Baculatej. Krásnej. Soudek piva.

Miroslav Valina

Vodákův Hubertus

„Háčku, nechlastej!" trhám Tondovi od úst už zpola prázd-
nou láhev bílého Key-rumu. „Ty vole, von tam stihl půlku na-
klopit. Bez pauzy. Musíme bejt furt ve střehu! Kdo ho měl hlí-
dat?" ptám se a vtom mi dochází, že odpověď se mi asi nebu-
de líbit. Taky že jo. „Je to tvůj háček, joudo, přece ty," směje se
zlomyslník Páťa. Teď mi teprve dochází, do čeho jsem se to
navezl. Jenže háčkovou jsem nesehnal a kdybych jel na sin-
gla, budu na voleji dřít za dva a navíc platit půjčovně proná-
jem za celou loď. Takhle to budu mít za polovic, ale mám se
na co těšit.

Tonda je silnej. Dokonce jezdí vodácký marathony. Když
zabere, loď poskočí dopředu. Když zabere moc, nepřetáhnu
ho ani ze záti. Protože je silnej, je taky těžkej. Vlna pod šlaj-
snou poklesié přídi vždycky uštědří parádní kopanec a něko-
lik hektolitrů vody. A co je nejhorší, na přídi se vrtí! A ještě
k tomu ho musím hlídat i na souši. Už to začalo. Přepínám se
do pohotovostního módu.

Kdysi na Otavě povídá jakoby nic: „V noci bude asi zima,
co?" Táhlo na pátou a vzduch chladl. „No to víš, léto je v čudu,
ale ve spacáku to neva, ne?" opáčil jsem. „No právě. Ve spa-
cáku. A ten nemám…" „Cože?" nechápu. „Dyť jsem vám to
ráno říkal. Asi mi ho někdo ukrad, když jsme šli na snídani."
„Kdys nám to říkal??" Paměť nemám zrovna dokonalou, ale

tohle bych si pamatoval. „No, ráno, jak jsme balili…" Podrobným průzkumem v partě jsme se dobrali k tomu, že kdosi skutečně zaslechl polohlasem pronesená Toníkova slova, ale přikládal je běžnému shánění zatoulané bagáže při balení. Skutečnost, že Tonda přijde o spacák a nezmobilizuje mohutnou pátrací akci, alébrž to odbude jednou tichou zmínkou, nás už tenkrát varovala. Na další vodě ztratil čepici. Pak čepici a brýle. Pak čepici a bundu. Pak zapomněl v hospodě bágl. Mojí kytaru zapomněl při přestupu ve vlaku a sprintoval pro ni na poslední chvíli. Vlastně už jen čekáme, kdy se nám ztratí on. Je to jen otázka času. Na druhou stranu, jeho čepice se nikdy neokouká.

Svěřujeme zbytek Key-rumu Barce. Tam bude v bezpečí. Což se o nás tak úplně říct nedá. Voda totiž většině účastníků způsobuje dehydrataci. To víme ze zkušenosti. Takže je potřeba doplňovat tekutiny. Rum je tekutina. Takže abychom zabránili dehydrataci, pijeme rum. Výživář by s tím asi nesouhlasil. Proto s sebou žádné výživáře nebereme a na každé vodě prověřujeme, jestli všichni správně chápou principy vodácké látkové výměny. Tonda je pochopil dobře. Ale ještě musí porozumět dávkování.

Hladinka Key-rumu v láhvi zašplouchala, když strojvůdce zašlápl brzdu v Lokti. Nikdo jsme si včas nevšiml, že se blíží výstupní stanice. Parta se nechtěně fackuje při chvatném oblékání svetrů a nahazování báglů. Málem jsme to nestihli, těm posledním se vlak už pomalu rozjížděl pod nohama. Starobylý loketský hrad se důstojně tyčí nad řekou, která se kolem něj stáčí téměř do kruhu. Město je ztichlé, nevypadá to, že by v nějaké hospodě zrovna čekali náš příjezd. V kempu naše první kroky míří k vodě. Zapalovače rozžínají cigarety, znalecky postáváme na břehu, posloucháme tiché šumění a hodnotíme stav, jak parta vodníků nad sbírkou hrnečků na dušičky. Danny přinesl kytaru a vůbec nevadí, že Pink Floyd nejsou zrovna vodácká kapela. Řvu, až mě škrábe v krku. Však to Key-rum vyléčí. Tyhle chvíle jsou mé třešničky na dortu života.

Ráno nad Ohří je vlezlé, chlad táhne od řeky, každý, kdo si nevzal do spacáku tlusté ponožky se zaříká, že odteď bude vozit zimní spacák. V zatáčce zaskřípaly kola auta správce kempu. „Jede rum!" vykřikl kdosi. Ten včerejší je samozřejmě v háji. „Já si dám… nějaký vitamíny. Džus," chytá Tondu mlsná a míří ke kiosku. Za chvíli je zpátky. „Tak co? Jaký tam maj džusy?" vyzvídám. „S vodkou," povídá Toník a potutelně se usmívá. Sakryš, musím háčka dohnat, posádka musí být naladěna stejně. Honem zakládáme *Společenstvo Zdravé snídaně* a hlásí se půlka party. Pár *Zdravých snídaní* a kiosek hlásí, že došel džus. Bude z nás asi nejzdravější vodácká banda na řece.

Snídaně nás v poklidném tempu přenesla přes poledne a blíží se třetí. Některé háčkové to viditelně znervózňuje, jediného háčka – samce mám totiž já a toho jsem ještě nevózního neviděl, v tuhle chvíli mi ho také zbylí kormidelníci zcela nekamarádsky závidí. Toník má i své výhody.

Nejčerstvěji zamilovaní kormidelníci kapitulují pod tlakem svých poloviček jako první. To se dalo čekat. S těžkým srdcem opouštíme životodárné okénko kiosku a vlečeme barely do lodí. „Háčku, máš všechno?" kontroluju Tondu. Všechny háčkové při otázce viditelně zbystřily, neboť hrozilo, že se náš odjezd opět odkládá a bude se něco hledat. „Ztratil jsem pastu na zuby. Ale tu stejně na vodě nebudu potřebovat," uklidňuje Toník. Napjatější polovinou party proběhla úlevná vlna.

Kýly dřou o písečnou mělčinu, pádla dutě odlamují vodu o záď a vykoupený loketský kiosek mizí za zatáčkou. „Takhle se přitahuje, Karlo, poslouchej mě! Tohle je důležitý!" zaučuje říční vlk Páťa novou háčkovou. Slečna je nová a zjevně netuší, že se hraje i o její setrvání po Páťově boku ve všedním životě. Nikdy by nesnesl, aby jeho drahá polovička neuměla pádlovat. „Hele, takhle se vykloníš a jako si naženeš vodu pod loď. A takhle se vodlamuje. To tu vodu zase jakoby vodtlačíš. Chápeš?" Karla viditelně nechápe, co to do ní ten pošuk na zádi cpe. Ale zřejmě si řekla, že jí zase tak moc neublíží, když se bude chvíli snažit. „Asi takhle?" jemně hladí hladinu. „To je málo, musíš se víc vyklonit a pořádně zabrat." „Ale tady vepředu je to strašně vratký! Se vykloním a to... votočíme se!" oponuje Karla. „Říká se cvaknem. A necvaknem, uvidíš!" hlas Páti se sebejistě rozléhá nad Ohří, jakoby říkal *nejseš první háčková, kterou jsem odchoval a můžeš bejt za dril vděčná, se mnou se totiž neutopíš.*

Nad Karlovými Vary zapadá slunce a barví stromy lemující řeku i jejich odrazy dozlata. Kdyby někdo přimaloval duhu, bude se ten obrázek prodávat hned vedle sádrových trpaslíků a cédéček Modern Talking.

Asi jsme to dneska s tou snídaní přehnali. Naštěstí, dokud jsme na lodích, nechají si háčkové své *já byla sbalená už od desíti* pro sebe. Už nesoulodíme, v posádkách panuje zaryté ticho a rytmické šplouchání pádel nás žene do tmy tempem nevídaným. Teď se Tondovy svaly fakt hodí. Ani se dneska moc nevrtí, pochvaluju si, stačí mu říct, kde si má vysedět na lavičce důlek. Teda – říct... Párkrát zařvat. Ale funguje to.

Pořádně přituhuje, aspoň že už je zima i na komáry. „Poslední kilák na Huberťák," hlásí energicky Páťa. Má řeky v malíku, kdoví, jak se mu tam všechny vejdou. *Kilák. To dáme i potmě*, říkám si. Nebude to ostatně první noční jízda. Zažil jsem situace, kdy to byl spíš *killák*. Poslední dobou nám čím dál častěji vodácká snídaně zabírá valnou část dne a dojezdy bývají místy dramatické.

Už poznávám okolí. Jak to, že Hubertus víc neřve? Tahle cvičná kajakářská peřej přece vždycky stála za to. Že by jí pročistila ta vichřice před týdnem? Velká voda mohla odklidit balvany... Škoda. Podle zvuku to dáme s přehledem. „Jedem bez dívání. Stejně bysme v týhle tmě nic neviděli," oznamuju Tondovi. Toník je v klidu. Toník je vždycky v klidu. Jsou situace, kdy to až děsí.

Od pravé strany se do půlky řeky táhne hrázka, to aby propustí teklo vody víc a rychleji. Po paměti mířím metr od kraje hrázky, tudy to vždycky šlo projet. Voda už se zrychluje, hrázka se mihne kolem, ale tam, co byl dřív vodní kohout, je šutrák. Škrtneme ho levým bortem, ale hned pod ním je další, jen taktak vytáčím loď a řítíme se z peřeje ven. Teď už je to fofr, ale nejhorší máme za sebou, říkám si.

Najednou Toník něco nesrozumitelně vykřikne, tak nějak divně máchne oběma rukama do vzduchu a než mi dojde, že řve *DRÁT!*, přistane mi cosi na břiše a z plné rychlosti, jak jsme se vyřítili z peřeje, nás doslova zasekne na místě. Drát mě ohnul dozadu, najednou nesedím, dělám něco na způsob cviku *most*, zadní bort mě krutě tlačí do beder a přes hlavu se valí proud vytékající z propusti. Drát se mi zasekl pod pravou paží a bradou a drží mě pod vodou přilepeného k zádi. Ještě že jsem se stihl nadechnout, mám aspoň chvíli na důstojný zápas.

Myšlenky mi hlavou letí jako Šinkansen. *A ne a necvaknu nás*, říkám si. Drát je z poctivé oceli a dává to ruce znát. Snažím se loket provléknout pod ním, abych si uvolnil ruku, ale marně. V levé ruce pořád držím pádlo, ale kdybych ho pustil, už nebudu vodák. Voda kolem hlavy řve a pění, vteřiny rychle ubíhají a dech dochází. *No tak, hni se*, cloumám rukou pod drátem, ale ten drží a hne se jen tak, aby mi na paži přidělal další modřinu. Ještě chvilku a vzdávám to. Otáčím boky loď kýlem vzhůru, drát se po něm sveze a jsme volní.

Škoda. Ale dělal jsem, co jsem mohl. Prskám vodu a chytám loď, která sice nestíhá nabrat rychlost, zato je plná vody a má setrvačnost jako přežraný vorvaň. Toník chytá uvolněný barel. Danny s Páťou už skočili do řeky a chytají druhý konec lodi. „Cos to tam vyváděl, čoveče? Dyk sem řikal, že je tam drát!" směje se Páťa. „Pozdě, tyvole. A já tě stejně neslyšel. Kde se tam vzal?" „Já nevím. Pojď se převlíct, než budeš modrej," povídá a táhnou s Dannym loď na mělčinu. „Už jsem skoro o tebe měl strach, byls pod vodou asi minutu."

Cvakáme zuby flamenco a soukáme se do suchého. Kdosi z party vykouzlil jako zázrakem nevyprázdněnou placatku poctivé domácí slivovice. Páťa zatím obhlíží břeh. „To ta vichřice," podává z dálky reportáž, „to je drát na kajakářský branky. Strom, co na něm byl přidělanej, šel k zemi." Páťa s Karlou měli štígro, namířili si to z peřeje ke břehu o chvilku dřív a drát minuli jen o fous. Slivovička zabrala a po těle se mi rozlévá hřejivé blaho.

Traverzujeme na druhý břeh, rozděláváme oheň a sušíme věci ve štiplavém kouři. Danny vybalil svou milou a jemně hrábl do strun.

„Tak co, Tondo, dobrý? Jsi OK?" pro jistotu kontroluju stav háčka. „Jasně. Skvělý." na chvíli se odmlčí. „Ale asi jsem ztratil čepici."

Jiří Nosek – Pígo

Za humny bídně zhynout

Snad každej jako kluk četl knížky o lidech, co cestovali a objevovali neznámý kontinenty a zažívali různý dobrodružství a útrapy při objevování novejch krajů. Já mám taky rád dálky a objevování zapadlejch koutů světa. Měl jsem to štěstí podívat se do světa a leccos přitom zažít, ale nikdy by mě nenapadlo, že jeden z vypečenejch zážitků mě čeká taky doma na rodný hroudě.

Jedno ráno takhle doma u stolu rozložím noviny, kde píšou, že se právě vypouští jeden z velkejch rybníků u nás. Tam, kde se něco vypouští, se většinou dá i něco jet. Šmátnu po telefonu a hned volám Rumošoj, kterej bydlí poblíž toho kačáku, aby to omrknul. Ten mě nejdříve častuje nevybíravejma řečma, jako jestli nejsem na hlavu a tak, ale záhy sedá na motorku a mapuje terén. Když volá zpátky, tak říká, že to je spíš pro magory, ale lepší, než sedět doma u bedny.

Jinak Rumoš je taky pěknej exot, jednou za mnou přijel, bylo to dva dny po Vánocích, udělala se malá obleva a docela valila voda, ale jinak všude hromady sněhu. Že prej dáme Jizeru tam pod Semilama, co je Rýgrova stezka a že to musíme dát, poněvadž jinak tam nebejvá voda. No přiznám se, že jsem z toho byl trochu rozpačitej, přeci jen byla zima jak na motorce, ale co jsem měl dělat. Nacpali jsme pytel

75

s nafukovačkou a pádlama do vlaku a odfrčeli do Semil. Tady jsme to na břehu nafoukli a hupli na vodu. Kousek jsme popojeli, přenesli velikej jez, co bere trochu vody do náhonu a pak to začalo, slezli jsme s lodí tu namrzlou stráň a vyrazili jak na splašeným koni. Vlny se přes nás valily ze všech stran a za chvíli byla loď plná vody. Připadal jsem si jak ve vaně, akorát doma si ji napouštím teplou vodou. Asi dvakrát se nám podařilo zastavit a vodu vylejt, ale za chvíli bylo zas plno. Jak jsme tak frčeli tím korytem, stihl jsem ještě koutkem oka zaregistrovat krásnej ledopád po naší pravý straně a pak už jsme dostali další dávku vln. Šlo to tak rychle, že za chvíli jsme byli na soutoku u hospody a myslel jsem, že mi zimou slezou všechny nehty. Dotáhli jsme namrzlou loď sněhem před hospodu a nahrnuli se dovnitř, pověsili jme helmy na věšák a poručili si grog. Číšníkovi chvíli trvalo, než se vzpamatoval, přeci jen touhle dobou obsluhoval spíš běžkaře, ale za chvilku už to nese a my zahříváme krevní oběh. Vzpomínám, že nám docela trvalo, než jsme se odhodlali vyjít ven, abysme zabalili tu ledovou kouli, na který jsme přijeli a nacpali ji do vlaku. No, ale to jsem nějak odbočil, teď k tomu vypuštěnýmu rybníku...

Druhej den se slejzáme pod hrází rybníka. Já se svým kajakem, on se svojí holkou a nafukovací lodí. Na konec října je celkem příjemný počasí, sice už trochu chladno, ale sem tam z polojasný oblohy vykoukne sluníčko. Čeká nás jízda po klidný, pohodově meandrující říčce, která asi po sedmi kilometrech vtéká do dalšího velkýho rybníka. To bude pohoda, libuju si. „No, sem zvědavej," prohodí Rumoš a ta holka se jen uculuje a nastavuje tváře podzimnímu sluníčku. Plavuňka má krásný plný rty a mandlový oči, vypadá jako pralinka, kterou byste rádi mlsali, ale z cukru není, však jsme společně už nějaký vody najezdili. U každýho z rybníků necháváme jedno auto pro snadnej návrat. Je krátce po poledni a nasedáme u malýho tunelu, odkud vytéká voda.

Vody není nijak zvlášť moc, ale ani málo. Je to tak akorát, aby se to dalo jet. Občas mrknu přes rameno, jak jim to na tý měchuřině jede, vypadaj spokojeně. Říčka nebo spíš potok se zpočátku vine nízkou navigací a plavba příjemně ubíhá. Zprvu se kroutí mezi políčky a loukami na břehu porostlými vrbami a sem tam nějakou břízkou. Prostě, jak se zdá, pohodový odpoledne na čerstvým vzduchu.

Jak se blížíme ke svýmu cíli, tak nějak přibývá vrbiček a vodní trávy, která tu stále častějc vytváří ostrůvky a jede se pořád pomalejc. Volím taktiku rychlého nájezdu na travní ostrůvek a pak se snažím kajakářským pádlem odbidlovat do další lagunky s vodou. Je to docela vysilující sportovní disciplína a tak jsem si v zápalu boje ani nevšimnul, kde jsem ujel těm dvěma, který jeli za mnou na Pálavě. Jim se přece jen projíždí s nafukovací lodí pohupujícím se travním porostem o dost obtížněji, než mně na kajaku. Boj s tím vodním křovím a vrbičkama mě docela zmohl, a tak odpočívám a čekám na Rumoše s Plavuní. Nějak nejedou, možná se rozhodli kousek vrátit. Bylo tam v rákosí jedno místo, asi vyšlapaný od rybářů. Určitě se kousek vrátili, aby přenesli tu děsnou džungli.

Přede mnou se voda vytratila pod větve z vrbiček, který tu rostou zároveň s hladinou. Vystoupit na tu hráz z větví vůbec nejde, protože sotva na ni přenesu svou váhu, začne se potápět a pádlem na pevné dno nedosáhnu. Přitom hladina rybníka už nemůže bejt daleko. Stačilo by pár hrábnutí pádlem a za chvíli jsem na druhý straně a pak už bych seděl v hospodě na hrázi a dával si něco dobrýho. Jenže dál to prostě nejde.

Dumám co a jak, vrátit se bude pěkná dřina, ale když trochu máknu, tak za chvíli budu u toho prošlapaného místa od rybáře a ten zarostlej kousek přenesu. Potom už v pohodě nasednu na volnou hladinu a pomažu rovnou k hospodě. Určitě to takhle zmákli i ti dva a už na mě čekaj a chechtaj se, jak se v tom plácám.

Když se konečně dostanu k vytoužený stezce v rákosí a vytáhnu svůj kajak na břeh, tak zjišťuju, že jsem na nějakým úzkým a podmáčeným ostrově porostlým stromy. Rozhlížím se a opodál roste velká borovice, pokusím se na ní vyškrábat, abych okouknul, kde to vlastně jsem. Spodní větve má dost vysoko a tak se chytám až na čtvrtej pokus. No konečně, já to věděl, kousek ode mě je volná hladina, stačí to tady naprat pár metrů rákosím a jsem tam. Jak to tak obhlížím, jsem překvapenej, jak velká plocha rákosí se tu k jedné straně roztahuje. Dokonce i ten podlouhlej ostrůvek se v ní jakoby ztrácí. Zjara tu asi hnízdí velký množství ptáků, který potřebujou svůj klídek, ale teď na podzim tu po nich není ani památka a nikde ani pírko a ti dva jsou taky v čudu.

Ještě jednou se podívám k volný hladině, abych si zapamatoval směr, řeknu si *to dám* a pak směle vyrážím. Přeci jen už je hodin jak na kostele a pomalu mě to přestává bavit. Nořím se do hlubin rákosí a pohání mě vidina horkýho čaje. Prodírám se ostrým a vysokým rákosím, nohy se mi noří po lýtka do bahýnka a za sebou táhnu kajak a semtam utrousím neslušný slovo. Občas se v rákosí objeví jakási kachní stezka a tak zkouším nasednout do kajaku a odstrkovat se pádlem. Je to ale ještě namáhavější, než neustálý vytahování nohou z bahna.

Teda fakt nevím, jak dlouho jsem se tím rákosím prodíral, ale připadalo mi to jako věčnost. Konečně jsem uviděl volnej plácek a hrnu se k němu. Když jsem rozhrnul rákosí, čekalo mě zklamání. To co tam bylo, nebyla hladina, ale jakási bahnitá pláň, kolem dokola obrostlá vysokým rákosem. Řekl jsem si, že se aspoň nemusím chvíli prodírat. Jak se tak plácám tím bahnitým místem, propadám se do tý kaše stále hloub a hloub. Sakra, nějak mě to začíná nacucávat. No, co vám budu povídat, napadaly mě různý horrorový scénáře, ale strach jsem neměl. Pokaždý, když už jsem byl v bahně skoro po prsa, chytil jsem se kajaku a vytáhl se na něj. Pořádně jsem se tou činností zpotil a bláto jsem měl až za ušima. Vytáhl jsem se do kajaku, abych si odpočinul a vydejchal se.

Po chvíli se do mě dala zima a já začal panikařit. Rozhlídnul jsem se kolem sebe a uvědomil si, že nejenom nevím, odkud jsem přišel, ale vlastně ani nevím, kam jdu. Kdybych alespoň trochu držel směr, tak už jsem na tý hladině dávno musel bejt. Z tý borovice byla přece na dosah. Došlo mi, že v tom rákosí se můžu motat dokola donekonečna.

Teda, musím vám říct, že když se překoná to první leknutí a zaženete zoufalý emoce, že jste v hajzlu, tak se vám v kedlubně začne rozjasňovat, pomalu se vrací rozum a začnete uvažovat. Rozhlížím se kolem sebe, ale rákosí je tak vysoký, že přes něj není nic vidět. Slunce už bylo dávno za mrakem a pomalu se začínalo stmívat. Řek jsem si, že jediná možnost je vrátit se zpátky po vlastních stopách na ostrov a tam se pokusit přejít na druhou stranu na pevnej břeh. Určitě to tam musí někde jít, když tam choděj rybáři. Už nebylo moc času, za chvíli bude tma jak v pytli a už se odsud nedostanu. Nocovat se mi tu nechtělo ani za mák.

Začal jsem pečlivě zkoumat rákosí kolem bahnitý placky a snažil se najít místo, odkud jsem to vlastně přišel. Po chvilce jsem našel pár kousků polámaného rákosu a pak už to šlo rychle. Soumrak mě popoháněl a přestože jsem párkrát zaváhal, začal jsem poznávat místa, kudy jsem prošel. Ostrov jsem doslova přeběhnul a našel stezičku na druhou stranu. Když jsem se dostal na pevnej břeh, byla už tma, ale děsně se mi ulevilo. Chvíli jsem to rozdejchával a pak přešel rozlehlou louku. Uviděl jsem tam stavení, kde se svítilo. Zamířil jsem tam. Jak jsem se přibližoval, sílil zuřivý štěkot psů, který vylákal ven obyvatele usedlosti. Chlápek, když mě uviděl ve světle lampy, jak celej od bláta táhnu na rameni kajak, tak okamžitě spustil: „Ty vole, co tady blbneš s tou lodí, seš v pohodě a nestalo se ti nic?" „Jo, teď už dobrý, jenom jsem trochu zabloudil v rákosí." „No tak to jsi měl kliku," říká ten chlápek. „Nedávno odtud tahali nějakýho zbloudilýho houbaře, co se v tom rákosí motal pěkně dlouho. Přivolal si pomoc mobilem, ale oni ho furt nemohli najít. Nakonec ho vytáhli vrtulníkem."

Poprosil jsem je, jestli si u nich můžu nechat kajak s pádlem a šel asi dva kiláky kolem rybníka po cestě k hrázi, kde bylo auto, věci na převlečení, ale hlavně hospoda. Cestou jsem doufal, že moji parťáci měli víc štěstí a rozumu a dopadli líp než já.

Když jsem bral za kliku u dveří hospody, mrazilo mě v zádech při pomyšlení, že tam nebudou a já je půjdu hledat zpátky do toho rákosí. Těžko popsat, jaká byla jejich i moje úleva, když jsem se celej od bahna objevil v mokrým neoprenu v lokále a oni seděli za stolem. Rumošoj spadla rezavá brada, zakoulel očima a vypadlo z něho něco jako „dost, že deš" a zubili se na mě na celý kolo. O něco později, když jsem se převlíknul a seděl s nima u stolu u horkýho čaje, tak mi vyprávěli, jak si to taky užili a do hospody dorazili chvíli přede mnou.

Jak jsem předpokládal, když už nešlo jet dál, vrátili se na to prošlapaný místo a věřili, že já s kajakem projedu. Když zjistili, že zarostlý místo nejde jen tak přenést, začali se prodírat rákosím, ale trochu jiným směrem než já. Směr v rákosí neztratili jenom díky tomu, že občas zaslechli zvuk auta od silnice a drželi se tím směrem. Když dorazili k silnici, Plavuňka celá zablácená stopla auto a nechala se vysadit u našich věcí.

Když jsme si pak pochvalovali, jakej to byl pěknej výlet, shodli jsme se na tom, že nám těžko někdo uvěří, jak se dá ztratit za humny na pár centimetrech čtverečních.

Petr IVAN

Jeden problém a jedu domů!

„Tak jedeš?" zeptal se Jirka.

„Ještě nevím, snad… Nemám žádného háčka." No, ne-lhal jsem. Poslední háček byl zároveň moje poslední holka. S Monikou jsme se rozešli celkem v dobrém, ale pochybuji, že bychom se chtěli navzájem nějaký čas vidět, natož se trá-pit v jedné lodi.

„Tak vem Moniku."

Jak to pako uhádlo, na co myslím?

„To nepude. Neboj, já zkusím něco vymyslet. Je v háji, že to je jarní voda a tu jezdí jenom blázni, cvoci, pošuci, mago-ři a my."

„Tak mi dej vědět do příští středy! Potřebuju dát dohroma-dy počet lodí a tak."

No bezva! Ne že bych neměl nový objev, ale nějak si ho ne-dovedu představit, jak vylézá ve vytahaném svetru, nenama-lovaná, nevyspalá, do jinovatkou zdobené trávy. Asi bych mě poslal někam…

„Nechceš jet se mnou v dubnu na vodu?" a rychle jsem dodal, „jede bezva parta a má být hezky…"

„Tos uhád!" nenechala mě domluvit, „Není mi dvacet, zlato. A nevím, jestli bych jela i před těmi patnácti lety!"

A pak mě to najednou trklo!

„Tak já zkusím zavolat Monče," řekl jsem co nejledabyleji.

„Prý volala Samovi, že by jela, ale nemá žádného šikovného zadáka. Jestli to ale není blbý…"

„To si piš, že to blbý je!" zahučel mobil, „ta by potřebovala šikovnýho zadáka jak sůl! Alespoň by nevotravovala! Tak jo, já s tebou pojedu. Ale varuju tě! Jeden problém a jedu domů nejbližším vlakem!"

„Platí!"

Moje rafinovanost mě neustále překvapuje. Překypující nadšením jsem se hned odebral do naší klubovny Na Oboře, abych podrobně probral se svými kumpány plán plavby.

„Já pojedu autem, abych vám vzal nějaký věci," nabídl jsem se nezištně.

„To je v poho. Zbytečně budeš platit benzín."

„To nevadí. Stejně se musím zastavit v Benešově pro Katku."

A tak zbylo doladit jen pár drobností stran jídla, pití, spaní, hraní. Vše jsme s přehledem vyřešili a nad ránem se rozešli do svých domovů.

„Ahoj… ahoj… ahoj…" neslo se Suchdolským nádražím v pozdních odpoledních hodinách.

„Jak jste dojeli?" ptal se celkem zbytečně Václav.

„Dobře," odpověděl jsem celkem zbytečně já.

Nádražní hospůdka hučela napětím, vzrušením, očekáváním.

„Byli jste se podívat na vodu? Docela to teče…, docela rachot!"

Úkosem jsem se podíval na svého háčka, ale Kateřina nehnula ani brvou. Až podezřele nehnula ani brvou…

„V těch meandrech dole to bude svištět. Už jsem se tam dvakrát cvaknul a to teklo klidnějc."

Další kradmý pohled směrem k mé přítelkyni, ale ta už civěla na tabuli s odjezdama vlaků, kamkoliv do civilizace.

„Neblbni, dělají si srandu," poznamenal jsem co nejklidněji, i když jsem věděl, že ne, „jsou to recesisti a rádi šponují zelenáče. Kluci, neblbněte," obrátil jsem se k ostatním, „nebo mně s tím sekne a sám se na to taky vykašlu."

Pochopili a zbytek večera se odehrál za zvuku kytar a foukacích harmonik. Vypadalo to, že se uklidnila i má drahá a tak nic nebránilo tomu, abychom se ráno nalodili.

Jinovatkou pokrytá tráva sice nebyla, ale i tak – teplota nic moc. Chleba s paštikou zapitý silným grogem nás dostal do patřičné nálady. Během snídaně jsem zkušeně poučil mého nového háčka, jak se má chovat v takovém a takovém případě, kam si má dát mobil, peníze, doklady a kdovíco ještě. Připadal jsem si důležitě a slavnostně. Chytře a fundovaně. Prostě tak, jak si má správný, zkušený a moudrý zadák připadat.

„Tak frčíme, ne?"

„Tak jo," zaznělo nesměle z přední části našeho plavidla, „doufám, že víš, co děláš!"

A šlo to docela dobře. Řeka tekla a my se se nechali unášet krásnou Lužnickou krajinou. Chvílemi nesměle vysvitlo i slunce a nic nám nechybělo.

„Bylo to celkem fajn," potěšila mě Kačka, „docela se těším na zítra. Hlavně, že nám přeje počasí. To sluníčko docela hřálo." A s chutí se pustila do bezva uleželého hermelínu v útulné vodácké občerstvovně.

„Zítra to bude o něco horší, ale pod vedením tak zkušeného a mazaného kapitána, jako jsem já, se ti nic vážného nemůže stát," podotkl jsem sebevědomě, „zvládneme to na jedničku, maximálně na dvojku."

„I trojka bude dobrá...," podotkl kolem procházející Tomáš. Brvy se opět přestaly hýbat. Blbec.

Ráno bylo jak malované. Nebe bez mráčku. Chladno, ale příjemně. Idyla!

„Tak lidi, hlavně bacha v těch vrbičkách! Točí se to tam pěkně rychle, a jak se uděláte, tak vám buď vodácký bůh milostiv. Hlavně nezmatkovat, vono to všechno nějak vyplave! Teď si cvakneme, abysme se necvakli. Dá si někdo prda?"

Musím říct, že těch prdů bylo víc a tak to ráno vyrazila na vodu banda rozesmátých a lehkovážných děcek. Cestou jsme se ještě víc občerstvovali a tak jsem ani nezpozoroval, že se naše keňa povážlivě rychle přibližuje k vyčnívajícímu kmeni.

„Kontra! Kontra, sakra!" Ale to už jsem stejně věděl, že je pozdě. „Zachraň sebe a na věci se vykašli!"

Byl to krutý boj se živlem, který neprávem nese takové poetické jméno. Lužnice. V tu chvíli mě napadaly jména úplně jiného typu. Nejslušnější bylo Svině.

„Už je to dobrý," prohodil k nám Jirka, „a jestli tě to potěší, nebyli jste sami. Teď se nalodíme a večer budeme sušit. Máte všechno?"

„Jasně!" a ukázal jsem vítězoslavně maskáčové kalhoty, v jejichž kapsách byly moje nejdůležitější věci v zatahovacích sáčcích. Mobil, klíče od Formana, doklady, peníze a kouření. „Na mě si jen tak někdo nepřijde!" a koukl jsem na mého háčka. Brvy byly ledově klidné, zmáčené a nepřítomné.

Když jsme znovu nasedli, abychom se nechali unášet divokou přírodou, byli jsme trošku zamlklí. Vlastně jsme vůbec nemluvili. Dal jsem své promočené kalhoty na záď lodě, aby alespoň trošku proschly. A opět nastala pohoda. Jarní slunce rozpustilo i led z Katčina obličeje a vše vypadalo fajn.

„Sakra, kde mám kalhoty?" zařval jsem do ticha podvečera, když jsme uvazovali loď, „měl jsem v nich všechno! Mobil, doklady, sakra úplně všechno!"

Trvalo hodně rumů, než jsem se trošku uklidnil. Kupodivu ze strany mého háčka nepadla sebemenší narážka na to, jak jsem blbej a neschopnej. Asi jsem vypadal opravdu dost zdrchaně.

Blížil se konec našeho výletu a já se čím dál víc obával střetnutí s mým přibližovadlem. V Suchdole už na nás čekal majitel lodí a neušlo mi, že když se kouká směrem ke mně, trošku mu cukají koutky. Zajímalo by mě, kterej debil to na mě vykecal! Auťák na mě čekal tam, kde měl a já měl strach, že to tak zůstane.

„Potřebuju kus drátu, abych se pokusil dostat dovnitř. Viděl jsem to v jednom filmu a vypadalo to docela jednoduše. Stačí trošku zašátrat háčkem ve dveřích a je to."

Během okamžiku jsem měl v ruce drát, ale ať jsem šmátral, jak jsem šmátral, pořád nic. Povzbuzován hloučkem známých i neznámých čumilů jsem to zkoušel dál, ale Sezam zůstal stále zavřený.

„Hele more, mám souseda, kterej čoroval, teda krad´ auta, mám mu kolnout?" zeptal se mě tmavší kluk v bejsbolce.

„Byl bys moc hodnej, dík!"

Za chvíli se dostavil nenápadný chlápek a vědom si své momentální nadřazenosti, nechal se unášet na křídlech důležitosti až k mému, pro mne nedobytnému vozu.

„Ustupte prosím," gestem dirigenta si zjednal pořádek, „potřebuji prostor."

Trvalo to pět vteřin. Pět vteřin a opět jsem byl šťastným vlastníkem svého vozu. Na mé díky jen mírně pokrčil rameny a vědom si svých pěti minut slávy odešel skrz ustupující dav.

„Volant je zamčený. To se musí pořádně trhnout, aby se zlomila pojistka!"

„Viděl to ve filmu," podotkl můj háček k nechápavě se tvářícímu davu.

Desítky očí se střídavě dívaly na mne a na volant. Později jsem se dověděl, že se uzavíraly i sázky. Musím ostudně přiznat, že volant první kolo vyhrál. Trhl jsem opravdu pořádně. Povzbuzen pohledy diváků a mojí vyvolené jsem vyvinul sílu Ramba a… vršek volantu mi zůstal v ruce. Zbabělec se zachoval jako napadená ještěrka, která si radši nechá utrhnout ocas, než aby se stala obětí predátora!

„Sakra!" zabědoval jsem, „sakra, sakra, sakra!!!"

K řízení mi zůstalo něco, co spíš připomínalo knypl z dopravního letadla, než věc, kterou se řídí automobil.

„Hustej tuning, more." Prohlásila bejsbolka obdivně.

„Co to odvrtat? Mám doma aku. Za deset minut jsem zpátky." Řekl chlápek z půjčovny plavidel a hbitě odkvačil.

Pak už to šlo samo. Odvrtání zámku, vražení šroubováku do toho, co z něj zbylo a úspěšný pokus o nastartování. Bouřlivý a srdečný potlesk všech přihlížejících mi byl sladkou odměnou.

„Jedem, ne? Nastup, zlato, tragédie skončila. Vzhůru k světlým zítřkům!"

„Tak jo, ať už to máme za sebou."

Cesta probíhala klidně. Časem jsem si zvykl ovládat auto řízením z letadla. Problém je v tom, že když se to sejří, tak se to sejří.

„Ježiš, policajti! Já už se z toho fakt podělám!"

Červený terčík zazářil do tmy a já věděl, že je konec…

„Dobrý večer, pane řidiči. Vaše doklady, doklady od vozidla," pravil starší, za jiných okolností možná sympatický pán, „a vypněte motor, děkuji."

A pak nevěřícně zíral na zbytek mého volantu a jak šroubovákem vypínám motor. Neušla mi jeho ruka bezděčně se přibližujíc ke zbrani.

„Doklady nemám, utopil jsem je. Prosím, zastřelte mě!"

„Nech to na mně!" špitla mi do ucha Kateřina.

„Pane policisto, je to sice k nevíře, ale on má fakt pravdu." A vylíčila postupně tajícímu orgánu celý náš příběh.

„Asi jsem blázen, ale já vám tak nějak věřím. Člověče," otočil se ke mně, „pokračujte v jízdě. Dejte ale bacha, támhle za vesnicí jsou docela vostrý zatáčky, tak nezapomeňte, že z volantu vám toho moc nezbylo!"

Když jsem Kateřinu vysazoval před jejím domem, měl jsem srdce v gatích. Jak tohle dopadne?

„Jezdíte i v létě, nebo mám čekat rok na další jarní vodu…?"

Jiří Fencík

Bráška

„POMÓÓC!! POMÓÓC!!"

Vyhrnuli jsme se před hospodu s fakt neotřelým názvem Černá slepice a rozběhli jsme se liduprázdnou ulicí k mostu, hele. Odtud se ozejval ten křik.

„POMÓÓC!!"

Stejně je hrůza, že v malejch městech nepotkáš přes poledne vůbec lidi. Asi to vážně bude tím, že venkovani pořád udržujou zvyk trávit pracovní dny v práci, jak suše poznamenal Kyborg, když jsme tu přistávali s našima kánoema, že jako dáme oběd, jo – u Černý slepice – v nejtotálnější hospodě na celý Ohři.

„POMÓÓC!!"

Na mostě prťavej, čtyřletej kluk v teplákách a flanelový košili s obrázkama ňákejch fantasmagoricky usměvavejch zvířat. Ječel, šplhal po zábradlí a sápal se někam do prostoru nad hladinou řeky.

„POMÓÓC!!"

Doběhnul jsem tam první. Akorát včas. Jinak by letěl z mostu.

„Péťa!!" vříská mi do obličeje, když ho táhnu zpátky na chodník. „Tam!!" ukazuje prstem na příšerně hladký vodní zrcadlo. To plyne, jo, bez nejmenšího vzruchu až k jezu.

Inky ani nezastavuje a rovnou z běhu pokračuje šipkou do řeky. Grošák za ním.

„No těbůch." Nahnu se přes zábradlí. „Kolik je mu let?"

„K–k–komu?"

„Tomu Péťovi přece."

„...asi rrok..."

„Do háje. Eště lepší."

„On tam chtěl... hodit. Učí se plavat... řříkal mi to."

„Prosímtě, takovej malej. Co ten ti říká –"

„Jojo..." Kluk začal popotahovat a rozšmudlávat slzičky kolem nosu. „...když mi řřekne, hodím ho z okna. To skočí do-obřře... a ještě se tomu směje. A to bydlíme docela až ve třře-eetím patřře."

„Co? Ty brášku házíš voknem?"

„Brrášku? Péťa není brráška. Péťa je zajíc... plyšovej."

Zařval jsem, jak mi na špičku nohy spadnul ze srdce balvan. Ty vogo.

To už byl na mostě i Kyborg. Přikráčel – metráková kastle, hydraulickej pohyb. Tvořil našemu představení vděčný publikum, který nešetřilo potleskem.

Kyborg.

„No jo, ty bonbóne," poplácal rozšafně kluka po rameni. „Tak ukaž, kde se ten zajoch učí plavat."

Kluk ho bafnul za ruku a mazal k řece: „Tady. Tadyhle někde."

Byli jsme na břehu, kousek od našich těžce předpotopních lodí, vytaženejch do hustý, vysoký, létem prozelenalý trávy a ponechanejch bez dozoru s pevnou vírou, že něco takovýho snad nikdo ani nemůže chtít ukrást.

Já: „Hej! Přestaňte! Lezte ven. Slyšíte?"

„...co je? Tak topí se tu někdo, nebo ne?"

Inky se hrabal z vody jako ten zapšklej hastrman ve Dvořákový Rusalce.

„Ne," povídám. „Hodil tam hračku, ňákou."

Mrně nebylo spokojený s tím, jak jsem popsal pohřešovanou osobu. Řeklo: „Zajíce. Plyšáka Péťu."

„Cooo?!!" zařval Grošák. Vycenil zuby. Takhle dobrácky se nejspíš tvářil ten král Herodes před vražděním neviňátek, jo.

„A třřeba…" žudlá do toho konopná hlavička, „…třřeba přřivyplavuje, když to řříkal… viď?" Zatahá Kyborga za rozepnutou košili, o který si její pán a majitel hodně bezdůvodně myslí, že ji v pohodě zapne, kdy si vzpomene. „Viď, že se neutopil… tlustej strrejdo?"

Ty…

Vařenej rak by v tu chvíli vypadal vedle Kyborga jako bledule jarní.

Kybi: „To je konec… to… děti dneska… jsou tak vodrzlý, že…" Dal čelem vzad a sunul metrákovou kastli zpátky k hospodě. „…jdu. Na místní hřbitov. Zahrabu se tam, na klidným, tichým místečku, protože tohle už je moc, tohle je…"

„Tos neměl říkat, hele," poučoval jsem mrňouse – dostatečně hlasitě, aby se to doneslo ke Kyborgovo uším. „Strejda není tlustej. Strejda je sněhulák. Je začarovanej, chápeš, a čeká na zimu."

Konopná hlavička to promyslela. Povídá: „Aha."

Inkouš s Grošákem umírali smíchy.

„Se holt teda po něm podíváme, po tom zajícovi, ne?" řek jsem. Kotvil jsem mrňouse: „Ty tady počkáš na strejdu sněhuláka, než se vrátí. Aby věděl, kde nás hledat. Jasný? A do vody ani krok."

„Jasný."

Šli jsme.

Inky se zastavil. „Nemá to cenu. Víte, jakou dálku ho to mohlo vodnést?"

„Prdlajz," vrčel Grošák. „Se nacucal vodou a je na dně jako šutr."

Brouzdali jsme podle břehu až dolů, k tomu jezu, ale nikde po žádným zajíci, živým nebo plyšovým, nebyla nejmenší stopa. Ti dva se začali zas potápět. No co, stejně už byli mokrý jako myši.

Marně.

Na hladině, pod hladinou, nad jezem, pod jezem, na dně. Nenašli jsme ani zaječí chlup.

„Dost, že se vracíte! Čochtanové!" vítal nás z mostu Kyborg, opřenej pohodlně o zábradlí. „Ten zajíc už na vás nemoh koukat! Radši sám přřivyplivnul na břeh!"

My: „Co to meleš, hlavo plechová? Pomáhat nám, to ne, ale–"

„Tak se podívejte, vy chytráci! Támhle! Támhle si suší kožich!"

Kyborg zavěsil svou hydraulickou paži do vzduchu. Směrem ke dvěma postavičkám, jo, u našich lodí.

Vedle toho kluka – hezky na sluníčku – tam totiž seděl půlmetrovej fialovej zajíc v zelenejch trenýrkách a bílým triku. Zubil se na nás, hele, a huňatou fialovou packou vyklepával vodu z plyšovýho ucha.

Miroslav Valina

Klášter na vodě

„Co je to tu za pohřebiště?"

Nedaleko cesty vedoucí přes tábořiště doutnal oheň a kolem něho se povalovalo několik mumií. Některé byly pečlivě zabaleny ve strakatých celtách, jiné nastavovaly spací pytel rose a poletujícímu popelu. Dál od ohně stála řada stanů. Nad řekou se ještě vznášel mlžný opar, ale slunce již nastoupilo denní šichtu. Polechtalo paprsky tvář jednoho ze spáčů. Tvář se zakabonila, spáč otevřel oko. A po usilovné námaze i druhé. Chvíli se protahoval jako píďalka na stéble, mručel jako probuzený medvěd, ale nakonec definitivně zavrhl spánek a vysoukal se ze svého vyhřátého pelechu.

„Jé, studí," otřásl se, když bosou nohou vstoupil do trávy stříbrné rosou. S výrazem právě vylíhlého kuřete usedl na celtu, podrbal se ve světlých vlasech a nasadil brýle, které vytáhl z boty. Pohlédl vzhůru na vymydlenou oblohu a pohled ho uspokojil. „Dneska bude Itálie," konstatoval.

Druhý pohled patřil hodinkám, což ho zvedlo na nohy. Přehlédl řadu stanů s pečlivě vymalovanými čísly a potom rozepnul zip jednoho z nich.

„Holky, vstávejte! Je fůra hodin! Tak padam, padam!" třásl nejbližším tělem. Když postřehl pohyb, otevřel krajní stan, jehož flekaté a umaštěné plátěné stěny svědčily o jeho proviantním účelu a vynesl dva vařiče. Do čtyř kotlíků nalil vodu z kanystrů a zapálil hořáky. Semtam o něco zavadil, zakopl, zašustil. To probudilo další mumii u ohniště.

„Co blbneš, osobo?"

„Už máš být po rozcvičce a ranní koupeli, lenochu!" vztyčil prst brýlatý blonďák.

„Dyť je ještě noc!" ohradil se střapatec. „A kromě toho, nejsme obyčejný lidi, ale vodácííí!" zamžoural do slunce. Ale mravokárce jen mávl rukou a s ručníkem, pastou a kartáčkem odcházel k řece.

„Co tady furt klábosíte?" ozval se ospalý hlas.

„Ježiši, Kájo, tebe taky vzbudil? No to je ale..."

„Ty tu řveš jak na lesy, ty zloduchu. Copak jsi někde v kabaretu? Pavel za to nemůže."

„Stejně vás vyžene hlad!" volal Pavel od řeky ústy plnými pěny. Měl pravdu. Oba vylezli z pelíšků: copatá Kája i rozcuchaný Ivan.

„Podívej," řekla Kája okouzleně, „je tu úplně stříbrno..."

„Kájo, prosimtě, nech tý poezie a dohlídni na holky. Aby těch chlebů nebylo málo."

„Opět zvítězil žvanec nad duchovnem," konstatovala Karolína a vydala se ke kuchyni. Uviděla pohybující se poslední mumii: „Moment, tohle si nedám ujít."

Poslední spáč byl kudrnatý černovlasý mladík, kterému říkali Drákula, měl totiž rád noc. Ovšem na rozdíl od jmenovce ji sladce prospal. Drákula se vyhrabal z pytle, nejistým krokem došel k řece a tupě zíral na ubíhající vlnky.

„Tyhlety rána by měly nebejt," pronesl. Karolína šťouchla loktem do Ivana:

„Hele, Drákula vede opět marný boj s ránem." Těmito slovy by byl býval dokončen každodenní rituál, kdyby se znenadání neodehrálo nečekané drama. Z mlžného oparu vyplula loď podobná přízraku. V ní seděli dva vousatí vodáci pádlující do blízkých peřejek. Drákula, který nesnesl ráno pohled na čilé lidi, začal pokřikovat:

„No co to je, pánové, co to je? Zpět, rozbalit, zalézt a spát!!"

Oba vodáci s úžasem hleděli na podivné zjevení. A tak se stalo, že najeli na první loupák, který se namanul a který zlomyslně obrátil jejich loď dnem vzhůru. Byli tak překvapeni, že se pouze vztyčili v proudu a neschopni jiné akce drželi plavidlo a každý své pádlo. Zavládlo tíživé ticho. Konečně se diváci probrali, odhodlaně vstoupili do chladné vody a pomohli obětem vytáhnout loď ztěžklou nacucanou bagáží.

Opálený, vysoký kormidelník se mčky a zlověstně blížil k Drákulovi. Ten couval a blekotal cosi o snižování napětí a snaze o porozumění. Situace byla napjatá a všichni očekávali násilný čin, ale vtom se nečekaně ozvalo zaječení:

„Sníídaněééé!!!" Cizí vodák se zarazil, Drákula toho využil a zmizel.

„Pocem, pocem, ty zbabělče!" volal vztekle vousáč, ale hned zmlkl, protože to už ho obklopovaly očíslované stany, ze kterých vylézala další a další děvčata. Krátkovlasá, dlouhovlasá, v teplákách, plavkách, bosá i v holínkách. Prohlížela si vetřelce.

„Probůh, kde to jsem?" zděsil se vousáč.

„No přece v klášteře," ozvalo se za ním sladce. Otočil se a spatřil drobnou dívenku se zrzavými copy a nosem plným pih. Upírala na něj srnčí oči a ústa jí cukala potlačovaným smíchem.

„Já to tu vyplením, dokud mi nevydáte toho darebáka!" vrčel. Zrzka si dala ruce v bok.

„Jo? Bude se plenit? Tak do toho!" Kruh dívek se zúžil.

„No tak dobře, tak po dobrém," kapituloval vousáč.

„Samozřejmě, moje řeč. Konflikty se mají řešit v klidu, s rozvahou." Drákula se účelně zaštítil přesilou, usmíval se a táhl vousáče k ohništi. Tam ho usadil a dal se do smlouvání. Blonďatý háček přisedl ke kamarádovi. Drákula se kál, vousáč jihl, za chvíli se s úsměvem polácávali po zádech a dali se do přátelského rozhovoru.

„Jasně, my jsme takovej klášter na vodě," přitakal Drákula na vousáčovu otázku. „Třicet děvčat, *Otec převor*," ukázal ke stanu s proviantem, kde organizoval činnost prošedivělý svalovec s knírem, „plus my čtyři kluci. Já jsem Honza..."

„Drákula."

„A kde jste vzali tyhle?" Petr se plaše ohlédl.

„To jsou holky ze zdrávky. My jsme přátelé školy a hlídáme je před nebezpečenstvím. Ale je to fuška."

Karolína pozorovala cizího kormidelníka. Vysoký, snědý, tmavé oči, plnovous, krásný hluboký hlas. A ten druhý, Dan, trochu menší, modrooký, světlovlasý, světlovousý... Vzdychla a začala si přeplétat copy. Ten tmavý je hezčí, pohlédla na Petra a jejich oči se střetly.

Po snídani se všichni vrhli na balení. Nejprve kuchtičky pod Karolíniným vedením uspořádaly nádobí, vařiče, zásoby. Rozkládaly pytle, bedny, bedničky a sáčky na trávu před stan.

„Fasování erárůůůůů!!" volala Karolína, „rozebírejte si to! Ivane, zabal sekerky! No já nevím, kde je máš. Ale Jano, sirky patří k vařičům! Jo, támhle do té krabice. Chleby tudle do pytle. Ale jo, vejdou se..." Vousáči sledovali se zájmem čilý ruch.

„A je to." Otec si zamnul ruce a zavelel rozchod, dobalit, nalodit, vyrazit. „Poslední pojede Pavel a Kája, Ivane, radši pojeď se mnou vpředu, mám tě radši na očích. Tak a jedem!"

Ještě hodil okem po vetřelcích a chystal se k odjezdu.

„Chrání své chráněnky, nemá rád cizince," vysvětlil Ivan, „holky jsou pak celý zfanfrnělý a neposlouchají."

„No, my je neukousneme." Petr pokrčil rameny a následován Danem se vzdálil ke svému plavidlu. Oba se zaujetím pozorovali, jak křehké dívky zápolí s plně naloženými loděmi. Pak na sebe mrkli a šli jim na pomoc.

„To chci teda vidět," kroutil hlavou Dan, „lodě plné háčků..." Poslední vyrazila Karolína. Prošla totiž ještě jednou tábořiště a sebrala kdejaký papírek a špagátek. Když našla svou loď připravenou na vodě, pípla upejpavě:

„Dík, klucí," nastoupila a odrazila od břehu.

Také Petr a Dan už seděli ve své kanoi a tentokrát hravě překonali peřeje.

„To není možný, jedou rovně!" podivil se Dan.

Řeka byla klidná, zastíněná vysokými stromy, travnaté břehy se modraly pomněnkami. Voda byla průzračná, na dně viděli kameny, hrající všemi barvami. Ticho rušilo jen bouchání pádel o borty lodí, zpěv ptáků a pokřikování vodáků. Karolína se pořád zasněně usmívala a prohlásila:

„Jo, to mám ráda. Tomu říkám léčba duše. Na jaře, když čuchnu k nějakému potoku, je se mnou konec. Začne těšení… Ale já tady plácám a mám povinnosti! Brzy bude jez. Dano, bejči!"

Loď vyrazila šíleným tempem.

„Ty maj páru!" Dan zíral.

„Holky na zdrávce prej stelou postele na čas, tak asi od toho…"

„Mám pocit, že se ještě něco přiučíme."

Za zatáčkou se objevil jez. Na klidné vodě nad ním se shromáždily vyčkávající lodě. Na betonové koze šlajsny rokovalo konzilium zkušených.

Drákula si stoupl na jez, aby kormidelníci přesně najížděli do místa, kde teklo nejvíce vody. Odborně je dirigoval, přesto však lodě sjížděly velmi zvolna.

„Tohleto mi připomíná," pravila Karolína a zamrkala na Petra, který se přiblížil se svou červenou lodí, „moje začátky na vodě. Člověk na háčku akorát sedí, bejčí, nebejčí, poslouchá na slovo kormidelníka, neodvažuje se pípnout, když ho to zleje ve šlajsně, žejo, Dano?"

„Hmmmm…"

„No a já jsem si vždycky říkala: radši deset kiláků voleje, než jeden jez! Radši dvacet kiláků úplnýho voleje, než jeden jetelnej jez! Jenomže pak přišlo deset kiláků voleje a já zas: radši jez, než tahle dřina!" Dana vzdychla. Drákula divoce gestikuloval, aby jeli.

„Já se bojim," pípla Dana.

Překonali pár jezů, pár kiláků voleje, poobědvali chleba s paštikou, zastavili se na limonádu v hospůdce U hastrmana. Potom se slunce klonilo k západu a konečně se objevilo tábořiště. Unavení, ale veselí vytahali lodě z řeky a chtělo se jim jen lehnout si do trávy...

„Kormidelníci přinášejí erár ke kuchyni, háčkové vytřou lodě a smotají úvazy! Vesty rozvěšte na šňůry! Služby se chopí práce!"

Vousáči si postavili stan stranou, pokukovali na hemžení v klášteře. Došli si do lesa pro pár klacků na ohýnek a když se vraceli, stále nebylo hotovo.

„Hm, nemají to ještě vypilované," usmál se Petr.

„Kampak??" hřímal Otec na skupinu děvčat.

„Přece umejt se!" odpověděla ta nejodvážnější.

„Nejdřív je třeba uvařit polívku!"

„Jasně, šéfe!"

Drákula hrábnul do strun. Pomalu si přisedávali háčkové. Setmělo se a zazářily první hvězdy.

Petr opustil ohniště, odkud měli výhled na velký oheň klášťera a přesunul se k řece. Na nebi zářil měsíc, který se pomalu rovnal do úplňku a pokojně přehlížel stáda hvězd. Tráva zvlhla. Petr se zhluboka nadechl a slastně vzdychl. Poodešel od řeky a div že se nesrazil s Ivanem.

„Hele, nechceš si přisednout k našemu ohni? Tady u vody táhne zima."

„A co klášterní řád?"

„No, já tě doporučím." U ohně zatím začaly klimbat méně odolné dívky vyčerpané dřinou a nerváky na jezech. Podle předpokladů vyslal Otec k Ivanovi s Petrem špičatý pohled, ale Ivan honem řekl:

„Petr se jen ohřeje, šéfe."

„Ivane, ty víš, že tohle nemám rád. Holky jsou pak celé zfanfrnělé a neposlouchají."

Petr se usmál, protože něco podobného slyšel už ráno. Nečekaně však zasáhla Alena, která otráveně pronesla do ticha:

„Z tohodle zfanfrnělý? Dyť je to kmet." A věnovala se v klidu svým kamarádkám, kterým líčila jakýsi „bezva zážitek", v němž ovšem hrály hlavní role poněkud mladší ročníky. Dychtivým posluchačům nově příchozí nestál skoro ani za pohled a tak už Otec nic nenamítal.

Petr seděl jako zařezaný. Slovo kmet se ho nemile dotklo. Vždyť je mi teprve třicet! Ale z hlediska náctiletých… Co já tu dělám? Jedu domů, nazuju kostkovaný bačkory a zapnu televizi.

„Co třeba tohle?" Pavel mu náhle vsunul pod ruku kytaru. „Starší ročníky prý byly hudebně vzdělanější."

Petr zalapal po dechu a mechanicky spustil country hit. Karolína se vracela k ohni, protože jí večerní chlad donutil dojít si pro svetr. K jejímu sluchu se donesla pomalá píseň zpívaná hlubokým krásným hlasem. Kdo to k čertu… Přiblížila se k ohni a spatřila – sen. Jejich host se proměnil v trubadůra, třímal v rukou Pavlovu kytaru a sametovým hlasem zpíval nádhernou píseň o lásce… Planoucím zrakem hleděl do ohně plně zaujatý hrou, vlasy mu padaly do čela a oheň je barvil do temněruda.

Písnička dozněla. Ozval se potlesk, Petr se usmál a začal novou. Baladu o námořníkovi a jeho lásce. Karolína polkla nasucho a přikradla se ještě blíž k ohni. Stála za zády Otce a ten se právě naklonil k Drákulovi:

„To je Wabi Daněk štrejchnutý Žalmanem a Šťáhlavským, mírně okořeněný Ortinským."

Karolína se osmělila a svým sopránkem spustila druhý hlas. Drákula se udiveně ohlédl, pak vzal kytaru a přikrášlil píseň vybrnkáváním složitých meziher. Vykouzlili tak krásnou věc, že prořídlé řady posluchačů vydechly. Oba zpěváci na sebe pohlédli celí užaslí svým výkonem a Karolína zadoufala, že oheň maskuje její ruměnec.

„A co třeba tohle," zabrnkal Petr předehru. Karolína vytáhla z kapsy bundy foukací harmoniku. Zpívali a hráli do pozdní noci. Prořídlé řady se opět plnily, tentokrát cizími vodáky, kteří tu a tam přidali nějakou notičku. Otcovi zbyli už jen plnoletí svěřenci, takže nic nenamítal a v klidu poslouchal.

Karolína si pofoukala unavené prsty, rozhlídla se a zašeptala:

„Kapku jsme to přetáhli. Už je světlo. Co budeme dělat? To abychom šli do kanafasu."

„To ti teda neradim. Za hodinu máte budíček a jestli usneš, bude to horší, než lepší. Víš co? Pojďme se vykoupat."

Zabalili kytary, aby nenavlhly ranní rosou a sešli k řece. Karolína se podívala na Petra a nakázala:

„Já jdu dál, ty buď tady. A ne aby ses koukal!" Petr se culil a pronesl zaříkadlo:

„Enyky benyky na holý pupiky!" Opravdu se nekoukal. Ale nedaleko se zdržoval Ivan, který musel předčasně vstát. Pobrukoval si písničku a šel si opláchnout ruce do řeky, když uslyšel hlasy. Chvíli vyčkával a potom opatrně vykoukl ze křoví. Spatřil Karolínu, jak sedí na spadlé větvi jen v dlouhém tričku a nohou čeří klidnou hladinu. S teplotou vody byla zřejmě spokojena, protože bleskově stáhla tričko a vklouzla do řeky. Ivan hlasitě polkl, pokřižoval se a zabručel:

„Co blbne?"

Už na ni chtěl křiknout, ale vtom zvolala:

„Pietro! To je Itálie!"

„I s cikádama!" odpověděl jí hlubkoký hlas.

Ivan natáhl krk, aby lépe viděl a spatřil Petra, který se přibližoval mohutnými tempy…

„Holky, vstávejte, máte službu, ne?" Karolína cloumala zakuklencem ve stanu.

„Nó, máme," vykoukla rozcuchaná hlava.

„Tak šup šup!!"

Petra, Zuzana a Romana se rychle ošplíchly v řece a běžely chystat snídani. Zuzana se podívala na hodinky a chytila se za hlavu:

„Je pozdě, průšvih! Nestihneme to!"

„Uklidni se," brzdila jí Karolína a otevřela proviantní stan. Z kotlíků plných čaje se kouřilo, kde to jen šlo, byly spousty chlebů s máslem a marmeládou.

„No Kájo," vydechla Petra, „tys kamarád! A to ty sama?"

„Ne," huhňala Karolína s plnými ústy, „pomáhali mi skřítkové vodáčci."

„A nebyli takoví vousatí?" mrkla čtverácky Zuzana.

„Nemudruj, zapatlej se trochu marmeládou a vzbuďte ostatní."

Z olivově zeleného stanu vyhlédl Otec. Promnul si oči, zívl, udělal pár dřepů a zaostřil zrak, aby se přesvědčil, jestli horlivost háčků pokračuje.

„Funguje to pořád," vrtěl hlavou. Vrátil se do stanu a pokoušel se vzbudit kluky.

„Tak nic," pokrčil rameny, „jdu pro vodu."

„Ne! Ne!" Pavel vyletěl jako čertík z krabičky. Za ním se vysoukal Ivan a když už se vraceli umytí od řeky, vykoukl i Drákula. Zamžoural do slunce a po usilovné námaze se mu podařilo postavit na nohy. Zíval přitom tak mocně, div si nevyvrátil sanici a v přestávce mezi tím zíváním hekal a vzdychal. Vrávoravým krokem došel k řece a pronesl temným hlasem:

„Tyhlety rána by měly nebejt."

Karolína jako vždy šťouchla loktem do Ivana:

„Hele, Drákula vede opět marný boj s …"

Nedořekla, neboť z mlžného oparu vyplula loď. Na ní spořádaně seděli vousatí vodáci, kteří se usmáli na Drákulu a pádlovali do blízkých peřejek. Drákula vytřeštil oči.

„Tý vole, dežaví!" Popoběhl po břehu. „Co to je, pánové, co to je?

„Zpět, rozbalit, zalézt a spát!" křikl Dan na háčku. Petr zamával Karolíně.

Drákula hodil drn za mizející lodí.

Ivan počkal, až bude Karolína z doslechu a polohlasně sdělil kamarádům:

„Kluci, Kája se koupala ráno s tím Petrem," mávl rukou směrem k řece, „jen tak."

„Žjóva!" zajódloval Pavel.

„A co má bejt?" nechápal Drákula.

„A nevšimli jste si, jak jsou do sebe zakoukaný?" trval na svém Ivan, „taky spolu dělali snídani."

„Docela se jim povedla," zakoukal se Pavel na svůj chléb.

„Nedovtipo! Von nám jí vodloudí!" Drákula s Pavlem se na sebe podívali a pak s otázkou v očích na Ivana. „Karolína je naše, ne? Ať si ten prériják loví někde jinde!"

„Proč by měl lovit jinde, když se mu líbí Karolína?" vložil se do toho Otec, který zaslechl poslední slova, „všimli jste si vůbec, že je to pěkná ženská?"

Všichni tři se zadívali na Karolínu, která dirigovala balení proviantu.

„Nečumte tam tak!" okřikl je Otec, „to vám přece musí být jasné, že vám jí někdo klofne, když si jí nehledíte, ne?"

„Copak je to nějaká komtesa?" Ivan kroutil hlavou.

Jeli dál a užívali si léta, vody, slunce, povídali si a zpívali, řeka byla laskavá a hravá. Nachystala si pro ně sem tam nějakou léčku, ale oni je všechny překonali a ještě je to pobavilo.

Postavili stany, pojedli polévku a trochu připálené lečo z konzervy, ale chutnalo jim. Sešli se u ohně a těšili se na hudební produkci nového zpěváka, ale ten na sebe nechal čekat.

Trubadúr totiž poněkud přibrzdil Karolínu, když se chystala na kolektivní zábavu, odvedl ji stranou. Karolína usedla na pařez a ani nedýchala. Svým ženským instinktem vycítila osudovost chvíle. Ani nedutala, když jí Petr usedl k nohám a také se odmlčel. Vzduch voněl lesem a řekou, od ohňů vodáků tlumeně zněly kytary, nad hlavou poletovali netopýři. Když se měsíc napíchl na špičku vyského modřínu, Petr se otočil a dlouze se Karolíně zadíval do tváře.

„Omámila jsi mě, rusalko," promluvil tiše svým hlubokým hlasem. „Úplně jsi mě očarovala a já ztratil svůj duševní klid. A já ho vůbec nepostrádám!" Na chvíli ztichl. „Myslel jsem, že jsem proti těmhle věcem imunní, ale ty jsi klidně vstoupila do mé pečlivě vedené technické knihovny a vyplenila ji. Já tam teď nacházím poházené svazky pohádek, zatímco rovnoběžky různoběží, kruhy krouží a poučky se rýmují! A mně to, Karolínko, mně to vůbec nevadí!"

To je přece vyznání! Proč se nezpomalil film, který právě běží? Proč vnímám takové detaily, jako že mi leze mravenec po noze a ucha mi bzučí komár?

„Karolínko, že se mi neztratíš, až opustíme tuhle řeku?" Petr ztišil hlas a když Karolína zavrtěla hlavou, rozpřáhl náruč. Kouzlo prvního polibku bylo přerušeno táhlým:

„Vrkůůůů…" které se táhlo z křovisek.

„Jsme odhaleni a obklíčeni, holubičko," šeptal Petr.

„Vrkůůůů," potvrdily okolní stromy a keře sladce.

Ale právě teď se Karolíně nechtěla vymýšlet vtipná taktika na pubertální háčky, zalíbilo se jí být romantickou dívkou, které muž vyjevil své city. Petr vzal iniciativu do svých rukou, byl plný elánu a sršel nápady, které šeptem sdělil Karolíně.

„Vrkůů?" zaznělo jaksi tázavě, když si Karolína stoupla na pařez a pantomimicky naznačila, že se opírá o zábradlí. Petr poklekl na koleno, gestem jí nabízel své srdce a ona mu posílala vzdušné polibky. V tu chvíli vystoupila z holubiččí anonymity Petra a vykřikla:

„Balkónová scéna! To je Romeo a Julie!" Zamilovaní přikývli. Dychtivé diváctvo přistoupilo blíž. Karolína sundala botu a odhodila jí. Petr jí „našel" a přivinul k srdci.

„Popelka! Popelka!"

Potom Petr začal poskakovat kolem pařezu opičím krokem, Karolína se lhostejně drbala v hlavě, zastrkovala si do vlasů větvičky. On přiskočil, popadl jí a pelášil s ní do lesa.

„Lovci mamutů," vrčela Alena.

Zklamané holubičky se trousily zpátky k ohni. Petr s Karolínou jim vzali vítr z plachet. Nijak je nepřivedlo do rozpaků odhalení, ale všechny pobavili a zmizeli do soukromí. Probodnutý měsíc se odkutálel kamsi do měsíční ambulance a zanechal nebe pocukrované hvězdami. Řeka tiše šuměla a chystala další nástrahy na vodáky. Ti už zase seděli u ohně a zpívali, smáli se a rozprávěli.

Tu noc Dan chytil obrovskou štiku.

Víťa Felcmanová

Pentličky

Znáš to místo na Duhový řece, jak mu říkáme Goglův most? Řeka tam uhejbá doleva a na pravým břehu trčej z vody tmavý, skoro černý skály. A hned po první z nich se odshora až dolů táhne dost široká, hluboká rýha. Tahle rýha tam prej zůstala po obrovi, co se jmenoval Gogla. Byl to takovej divnej pavouk se třema očima a jedním uchem. Ten Gogla v nedaleký vesnici sexuálně obtěžoval místní hospodskou. No a ta nakonec řekla, že jako teda jo, chápeš, ale pod jednou podmínkou: Když obr u skal za vesnicí do rána postaví most. Obr se zaradoval a honem se pustil do stavění. Ale buď přecenil svoje síly, nebo myslel něčím jiným než mozkem, zkrátka se mu stavba sesypala pod rukama. Gogla měl štěstí, že se mezi těma troskama neutopil. A jak se hrabal ven z vody, udělal nehtem na skále rýhu. Nebo co. Já nevím, jestli to tak bylo. Takhle mně tu pověst vyprávěla Fišta. Nevím. Obra jsem v těch místech nikdy neviděl. Zato nás tam jednou těžce nakrknul vodník.

To zrovna začínaly prázdniny a Duhová řeka voněla, jak řeka voní, když je léto a slunce svítí z modrý oblohy na trávu a kytky na březích kolem tebe. Proud byl klidnej, mírnej, loď vyloženě rozmazloval, takže jsme skoro nemuseli pádlovat. Fišta seděla vepředu, bosá, bílý tričko zalitý pramenama těch jejích dlouhatánskejch černejch vlasů, jo, a rozhlížela se po krajině. Já nevím, jestli si toho všímáš, ale jsou dny, kdy je holka fakt krásná. Jako kdyby v ní něco zářilo, nebo co. Může mít rozcuchaný vlasy, nenalíčenej obličej, nohy ušmudlaný od trávy a hlíny, a stejně je krásná. A tohle byly takový dny. Už ve vlaku. Pořád mi něco šeptala, pořád měla chuť se mazlit. Bylo to fajn. Klukovi dělá dobře, když je s holkou, kterou mu všichni záviděj. Průvodčí. Manažer na protějším sedadle, uškrcenej ve svý kravatě. Nádražák, co si od něj berete loď. Prostě všichni. Je to příjemný. Je to příjemný, dokud se někomu závidění nevymkne z rukou.

Byli jsme asi dva kilometry před Goglovým mostem a Fišta mi akorát dovyprávěla tu pověst o tom obrovi. A pak se usmála směrem k levýmu břehu a řekla: „Vidíš je?"

Viděl jsem je. Barevný cancoury, naházený na chroští těsně u břehu. Vypadaly jak pentle na hodovačce. Ale nějak barevnější, nebo co. Čím jsme byli blíž, tím se nám ty barvy zdály hezčí. Oranžová, žlutá, růžová, tyrkysová. Bylo to jako magnet pro oči, normálně.

Fišta řekla: „Zastavíme se u nich?" Řekla to jako otázku, jo, ale hned zabrala pádlem, jako kdyby se samo sebou rozumělo, že já vzadu za ní ochotně kejvám a hrnu se doleva taky.

Byli jsme tam dost dlouho, u těch pentliček. Vytáhli jsme loď na břeh a prohlíželi jsme si je. Fišta povídala: „Ty jsou vodnický. Pravý vodnický. To už se dneska moc často nevidí, takový hezký pentličky." Sáhla do chroští, utrhla oranžovou, asi metr a půl dlouhou pentli a začala si ji omotávat kolem ukazováčku.

Já jsem řek: „Proč jsi ji trhala?"

„Abych měla památku na tenhle… na tyhle prázdniny. Až si ji rozbalím, vždycky si vzpomenu, jaký to tady bylo pěkný, jak jsem—"

„No ale když utrhneš pentličku, vodník tě přece zkusí utopit, ne?"

Fišta kejvla. Přimhouřila ty svoje borůvkový oči. „Právě. Mě vodník ještě nikdy netopil."

„Mě taky ne," řek jsem. „A nijak zvlášť mně to nechybí."

Pokrčila ramenama. Usmála se, jo, zastrčila si pentli do kapsy u džínovejch šortek a pomohla mi s lodí zpátky do vody.

Pádlovali jsme dál. Čekali jsme, co bude. A já si vzpomněl na takovou tu básničku, znáš ji:

„...po mladičké dívčině zavířilo se v hlubině..."

Fišta se ke mně hned přidala, takže jsme recitovali dvojhlasem:

„...vyvalily se vlny zdola, roztáhnuly se v šírá kola..."

Dost dobře jsem se přitom uchechtával. Než jsem si uvědomil, že neslyším dva hlasy, ale tři. To jsem hned zmlknul. A rozhlídnul jsem se pořádně kolem sebe.

Ty bláho.

U naší lodě, kousek od mýho pádla, jo, plaval vodník.

Normálně si plave – prsa nebo co – a v pohodě skřehotá s náma:

„...na topole podle skal zelený mužík zatleskal."

No. Že by zrovna byl zelenej, to nebyl. Ve ksichtě měl takovou tu neurčitou hnědošedozelenou barvu, jakou mají žáby. Vůbec vypadal jako žába. Přerostlá, metr a půl vysoká žába. Chtěl jsem ho švihnout pádlem přes rypák, protože to na vodníky platí. Bolí je to, takže ucuknou a nepřevrátěj vám loď. Ale jak jsem se napřahoval, tak Fišta, znáš ji, v tu ránu vypískla: „Nééé!! Neubližuj mu. Nic nám nedělá. Je hodnej."

Hodnej...

Za chvilku už hodnej, přerostlej žabák dřepěl u nás v lodi. Dřepěl vprostředku, mezi náma, zády k Fiště, ale tak blízko k ní, že mu její vlasy při každým fouknutí větru zabloudily na rameno a na břicho a na krk. Von je vždycky vzal, pohrál si s nima v těch žabích prstech a zase je vrátil tam, odkud přiletěly. Pořád sebou v tý lodi mlel, aby o Fištu vždycky škrtnul, jo. A pořád skřehotal: „Promiň. Nevadí, holčičko?" Čuměl při tom jak pedofil u mateřský školky. A Fišta pořád říkala, že nevadí, že se nic nestalo, a pořád se ho na něco vyptávala. A když nás pozval do svýho vodnickýho sídla, tak se úplně tetelila samou radostí.

To sídlo měl právě u toho Goglovýho mostu, co jsem ti o něm povídal. Nechali jsme tam loď, na levým břehu. Tam byla louka a za ní les. Duby, smrky, všechno možný. A naproti, na pravým břehu, byla ta černá skála s tou rýhou.

Vodník plesknul do vody proutkem, ulomeným v křoví na břehu, jo, a hladina se mu rozestoupila pod nohama. A objevily se tam schody. Takový jako z ledu. Nebo z křišťálu. Šli jsme po nich dolů. Hluboko. Musela tam bejt nějaká tůň nebo co, protože v řece jinak bylo vody s bídou přes metr. A my jsme šli po těch schodech tak asi jako z druhýho patra do přízemí. A kolem pořád byla voda, chápeš. Jako za sklem.

Vodník najednou povídá: „Nu – tady je můj příbytek. Pojďte dál."

Prošli jsme krátkou, klenutou chodbou a schodiště za náma zmizelo. Normálně se rozplynulo jak kostka ledu v horkým čaji.

„Nebojte se. Pojďte," skřehotal vodník. Zatleskal žabíma rukama: „Vedu hosty, miláčkové!"

Kolem nás se hned začalo hemžit děsný hejno něčeho, co vypadalo jako pulci. Asi půlmetrový pulci s velkejma, vypoulenejma očima. Vnucovali nám nějaký, docela dobrý jídlo a pití, ale Fišta se ho skoro ani nedotkla a furt se vyptávala na různý ty svý čarodějnický věci a hlavně na hrníčky a dušičky. Vodník skřehotal: „Tebe to zajímá, holčičko? Doopravdy?"

Fišta kejvala, umíš si představit, jak nadšeně.

A vodník na to: „Dobře. Pojďte se mnou. Ukážu vám je."

Šli jsme. Fišta se ke mně přitulila, hihňala se, spokojeně, a šeptala mi do ucha: „*…obluzena, polapena v ošemetné sítě…*" Já jsem se tomu zasmál, jo, ale moc legrační mi to už nepřipadalo.

Vodník nás dovedl do místnosti s hladkýma, tak jako brčálově zelenýma stěnama. Bez stropu. Nahoře normálně byla voda. U stěn, na policích, stály porcelánový hrníčky s pokličkama. Většinou čistě bílý, jenom některý měly pokličky zdobený zlatem. Fišta se samosebou vyptávala, proč jsou některý pokličky bílý a některý zdobený, a vodník jí to všechno vysvětloval, podrobně, snad hodinu, hele. A pak…

Ty vado. Pak mi potichu řekla: „Víš, co by mě zajímalo? Jak to vypadá vevnitř."

„Kde?" řek jsem.

Fišta se usmála, spiklenecky: „V těch hrníčkách."

Vodník to slyšel – a nevypadal, že by mu to bylo nějak moc proti srsti. I když teda žádnou srst neměl. Měl kůži jako žába. Celej byl jako žába. Fišta se na něj koukla, znáš ji, hele, jak se umí koukat, když něco chce, a řekla: „Šlo by to? Aspoň na chvilinku?"

Vodník pokejval žabí hlavou. „Proč ne, holčičko. Šlo. Ale nevím, jestli se ti to bude líbit."

Mně se to nelíbilo už teď. „Jak poznám, že se jí to nelíbí?" řek jsem.

Vodník protáhnul žabí ksicht. „Nepoznáš to. Nejde to poznat. Ostatně, to ani není účelem mojí sbírky, aby se dušičkám v hrníčcích líbilo."

„Budu tam jenom chvilinku," řekla Fišta.

Já jsem totálně žasnul. „Co je chvilinka?"

„Minutka, dvě. Dvě minuty," řekla, jako kdyby chtěla udělat radost mentálně retardovanýmu obyvateli domova důchodců.

Vodník otevřel dveře v brčálově zelený stěně naproti policím. Za dveřma byla tmavě šedá kamenná deska, podložená dalšíma kamenama, takže vypadala jako stůl. Kromě toho tam taky tekla voda. Tekla za dveřma, ale dovnitř ne. Dovnitř se nedostala ani kapka. Ani když dveře byly otevřený. „Pojď sem," povídal Fiště. Fišta šla. U dveří ji zastavil: „Teď se nadechni a polož se na tu desku."

Fišta prošla dveřma, do vody, jako by se potápěla pod hladinu, svislou, nebo co, a lehla si. Vodník ji k desce přivázal takovejma jako mosaznejma popruhama, který tam už byly připravený. Pak jí na pusu dal hrníček, dnem vzhůru, a něco breptal. Nebylo slyšet co, jenom jsem ho viděl, jak otvírá ten žabáckej rypák. Kolem hrníčku utíkaly pryč bubliny. A pak se ozvalo něco jako mlasknutí. Dost divnej zvuk, jo. Fišta zůstala ležet na kamenným stole. Normálně jako mrtvá.

Hnusnej přerostlej žabák nadzvednul hrníček. Pořád ho držel dnem vzhůru. Zespoda k němu přitisknul pokličku a teprve pak ho obrátil dnem dolů. A šel dovnitř. Tak jako mimochodem chtěl za sebou zavřít dveře, ale já mu to nedovolil. „Ukaž," řek jsem. Sebral jsem mu z pracek hrníček, držel jsem ho v ruce a měřil jsem čas.

Uběhla minuta. Půldruhý. Dvě.

„Konec," povídám. „Vrať to zpátky, tu duši nebo co."

A vodník úplně v pohodě zaskřehotal: „Ne."

A bylo to tady. Přesně toho jsem se celý ty dvě minuty bál.

Protože mně od samýho začátku bylo jasný, že přesně tohle udělá.

Vodník skřehotal: „Sama si to zavinila svou zvědavostí a lehkomyslností." Čuměl zase jako v tý lodi. Jak pedofil před školkou. „Teď musí zaplatit. Oba musíte zaplatit. Ona v hrníčku a ty…" K hrníčku se pomalu, váhavě sunula žabí pracka. Když byla už hodně blízko, tak jsem ho přes ni praštil. Hned se stáhla. Fofrem. Ale vodník skřehotal dál: „…budeš mi sloužit. Dva, tři dny. Pak vás propustím. Možná."

„Jo sloužit," řek jsem. „Dva, tři dny."

Já jsem už tak měl vztek. A teď jsem začal vidět rudě.

Zařval jsem na něj: „Ty debile! Chceš do držky?!"

Vodník vypadal, že se leknul.

Do místnosti se z chodby hrnuli pulci. Já měl v rukách ten hrníček, no tak co jsem moh dělat – kopnul jsem prvního, kopnul jsem druhýho. Ostatní zavřeštěli a všichni někam zalezli.

Vodníkovi asi došlo, že by do držky fakt dostal. Tvářil se uraženě, jo. Dotčeně. Zaskřehotal: „Dobrá. Dej mi hrníček. Vrátím jí duši zpátky do těla."

„Nekecáš?"

„Ne. Myslíš, že stojím o to, abys mně a mým miláčkům dělal ze života peklo?"

„Fajn. Když o to nestojíš, tak sebou hni."

Vzal si ode mě hrníček. Opatrně. Fakt to vypadalo, že se mě bojí, hele. Šel k Fiště, do vody, otočil hrníček dnem vzhůru, dal pryč pokličku, dal zase hrníček Fiště na pusu a zase chvíli něco breptal. Když sebou Fišta začala škubat, rychle ji vymotal z těch mosaznejch popruhů a vrátil se s ní zpátky do místnosti. Fišta byla mokrá jako myš, ale smála se od ucha k uchu: „To bylo nádherný! Víš, že jsem cítila, že ten hrníček se mnou držíš v ruce? To bylo strašně příjemný."

„Ale pro mě to nebylo příjemný," řek jsem.

Vodník mezitím otevřel proutkem schodiště a vyrazil po schodech nahoru. Mlčel. Za celou dobu ani nemuknul. Fišta pokejvala mokrým splihlým černovlasým chroštím: „To jsem cítila taky." Rozhlídla se a skoro zašeptala: „On... nechtěl mě pustit ven z hrníčku, viď?"

„Ne. Nechtěl."

„Víš, já jsem tušila, že... bylo to na něm vidět, že mě... že... ale když... já jsem se tam tak moc chtěla podívat, víš, tam dovnitř, a... víš... já... věřila jsem ti... že mě zachráníš."

„Jo tak věřila, jo?"

Šli jsme po schodech za vodníkem. Když jsme vylezli na břeh, k naší lodi, vodník ty schody tím proutkem zase zavřel. Mračil se jako ropucha a pořád mlčel. Dokud schodiště nezmizelo. Pak na mě zaskřehotal: „Teď táhni. A vyhýbej se řece, jinak uvidíš."

„Hele, nevyhrožuj," řek jsem. Nesnáším, když mi někdo vyhrožuje.

Vodník se ušklíbnul. „Máš pocit, žes nade mnou vyhrál? Zaskočil jsi mě hrubostí a silou, ale příště zaskočím já tebe. Budu tě trápit, budu ti škodit. A nakonec tvou duši uvězním pod pokličkou."

Já jsem se už už nadechoval, abych mu taky něco řek. Ale Fišta se na mě podívala tak jako, ať se uklidním, jo, že to zkusí nějak taktně urovnat.

Řekla: „Mně je moc líto, že jste... kvůli mně... že jste se nepohodli. Nenávist ale nikomu neprospěje. To by..." Mluvila, hele, jak předsedkyně Světovýho protiválečnýho výboru nebo čeho. „Co kdybyste se smířili? Pojďte. Podejte si ruce."

Metr a půl vysokej žabák zaskřehotal: „Ani nápad. Nemá vůbec úctu k nadpřirozeným silám. Se mnou, holčičko, se mnou by se klidně rval jako s kumpánem odněkud z hospody. A přitom já..."

Fišta se usmála, soucitně. „Já vím. Ale když on... bránil mě, víš. Je to moje vina. Neměla jsem... měl by ses zlobit na mě, ne na něj." Řekla to tak, že by pohnula i šutrem.

Vodník blekotal: „Na tebe, holčičko? Proč bych se zlobil na tebe? Ty za nic nemůžeš. Ty by ses měla zlobit na mě. Vždyť jsem si z tebe udělal návnadu, abych... měl v moci jeho. Byl jsem... žil by si u mě jako v ráji, ale on je... on je..."

„Návnadu?" Fišta svraštila obočí. „Návnadu, abys... jeho??"

„Co?!?" řek jsem.

Kdybych neseděl, byl bych si bejval sednul.

Fišta naprázdno polkla. Prstama si pročísla mokrý černý vlasy. „Tak... pro tebe... jsem byla jenom..."

Ty vado, já koukal jako blázen.

Ta moje pacifistka, jo, vytáhla žabikuch a hnala chudáka vodníka až k římanický přehradě.

Miroslav Valina

Během naší plavby se nic mimořádného nestalo

„Tobě nestačí, že si ze mě věčně děláš srandu, ty si ze mě musíš dělat rovnou i prdel, co?" pokýval jsem smutně hlavou, ale na provinilého Hopáka jsem se přitom nedíval, protože mou pozornost přitahovalo plavidlo, které bylo křížencem indiánské kánoe a záplatovaného kabátu skalpovaného trappera Sama Hawkinse, které do finální podoby dotvaroval vzteklej a velkej vodní had za vydatné pomoci šíleného lakýrníka.

Zdvihl jsem tu parodii na vodáckou loď za jeden konec, podařilo se mi to až na druhý pokus. Vrstvy dřeva a laminátu vážily jako náhrobní kámen.

„Přeci jsi říkal, že na nafukovací kánoi nepojedeš ani omylem," pípnul Hopák. „A já pak už nikdy žádnou pořádnou loď neměl… Tuhle mi půjčil starej Hruška."

Zlost mě pomalu přešla. Nikdo z nás dvou *od té* doby neměl svoji loď.

Vlastně za to, že jedeme po tolika letech řeku, může naše vzájemné hecování; že dnes už jsme o kousek dál než *tehdy* a naše životy jsou taky jinde.

Tehdy se jezdilo po řekách, při kterých ještě nebyly půjčovny a vodákům nepřekážely nekonečné řady plastikových žlutých banánů v podobě kánoí plné rozeřvaných posádek a v kempech se neztrácely věci. A pokud jo, tak jen vzácně. Po Listopadu se nám nabídly řeky v Rakousku a třeba i ve Skandinávii. Naši oblíbenou větu, že „během plavby se nic mimořádného nestalo, tedy až na…" (vzápětí nastalo dlouhé vyjmenovávání všech možných taškařic i průserů, které nás v předešlých dnech potkaly) jsme teď mohli používat, kde se nám zachtělo.

Pak přišel Frank s tím, že viděl fotky kaňonu kolem řeky Tary v Černé Hoře, a že něco takového prostě musíme jet a tak jsme se tam rozjeli. Tara však byla dál, než jsme čekali. Nikdy jsme k ní už neměli dojet. Stačil náraz na silnici, pár vteřin hrůzy a pak bolest fyzická a dlouhé nic...

Hopák vyfasoval invalidní důchod, já na půl roku berle a do občanky zápis, že jsem vdovec. Po necelém roce manželství. Časem jsem zjistil, že v pravé noze jsem dost dobrej v předpovídání změn počasí, a že víc než zlomené kosti bolí ta ztráta a stesk.

Pokud jde o současnou loď, co se dá dělat, dovolená je jen jedna, což je fakt, kterou důchodce Hopák nikdy nepochopí, a tak jsme tu nesmyslnou věc vysadili na střechu auta, pořádně ji přivázali a jeli na vodu.

Otavu jsme zatím nikdy nejeli, proč, sám nevím. No ale každá řeka má svůj čas a trpělivě si počká na svého vodáka.

Kemp v Sušici byl hlučný, navíc mě v noci budil a otravoval halogen, svítící na vyskládané dřevo vedle pily, ale ráno bylo příjemný. Za svítání jsem sešel k řece, vlnka mi olízla prsty u nohou. Bílé slunce šplhalo vzhůru a snažilo se rozehnat ranní mlhu. Všude ticho. Konečně.

Po snídani jsme uchopili loď a za velkého úsilí ji dotáhli k vodě. Loď si hned získala obdivovatele, přestali se věnovat svým obyčejným plavidlům a houfovali se u naší mršiny.

Pábitel Hopák byl ve svém živlu, rozvinul do dálky běhouny své fantazie. Ukládal jsem do lodi náklad a na půl ucha vnímal kecy, že naše plavidlo má za sebou prvosjezdy všech českých velkých řek, kdy ji kormidloval sám velký Rössler-O-řovský, první nefalšovaný vodák na našich řekách.

Obecenstvo uznale hučelo a se zájmem sledovalo naše přípravy k vyplutí.

Ještě si střihnout kámen, nůžky, papír a paráda, dnes jsem kormidelníkem já. Sedám si do lodě a dostavuje se známá natěšenost na vodní cestu. Držím pádlem balanc, Hopák si sedá na své háčkovské místo a… Stále držím pádlo, jenže přitom sedím po krk ve vodě. Hopák je na tom stejně. Nějak se nám to holt zvrtlo. Kánoe je dnem vzhůru a na břehu se svíjí smíchy tlupa cizích vodáků. Šok a leknutí se zvolna odpařují, začínám pomalu vnímat okolní svět. Nestojí za moc. Jsme smutní klauni, blbci se nám chechtají… U opasku mám švýcarský armádní nůž ze švédské oceli, ale nebudu Hopáka zatím zabíjet, stejně bych se v něm *krve nedořezal*. Stoupáme si, vodu máme po stehna, mlčky obracíme loď, snažíme se neslyšet desítky peprných komentářů, opatrně sedáme do lodi.

Plujeme sice po proudu, ale nejen pohyb, ale snad i nadechnutí nebezpečně rozkolíbává loď k hranici převrhnutí.

Plavba k Rábí nebyla dlouhá, ale měla osm *vynucených* přestávek. Osmé cvaknutí dovršilo naši stoupající podrážděnost a rodící se nepřátelství. Mlčky jsme v kempu pod Rábím postavili stan a vytáhli loď na břeh. Hopák si šel koupit cigarety a pak jsme seděli před stanem a koukali znechuceně na ten náš plovoucí nesmysl.

„Tak co?" ozval jsem se. „Mám dojít těch devět kiláků zpátky pro auto?"

„Ne," tiše kapitulaci odmítl Hopák. „Jednou jsme tady a máme loď a na tý lodi pojedeme až do konce."

„A co když se mi nebude chtít?"

„Ale bude se ti chtít, zítra jsem kormidelníkem já."

Další dny byly galeje, utrpení a křížová plavba. Ale učili jsme se tu mrchu ovládat a začínali jsme být dobří. Zvykli jsme si dokonce i na svalovou horečku, která přichází po dlouhém dni, kdy je tělo stále napnuté a vyvažuje jakékoliv zhoupnutí. Zvykli jsme si na popularitu, která se s námi i před námi táhla po řece a povznesli jsme se nad uvítací výbory čekajících vodáků u hospůdek, kde jsme se stavovali svlažit vyprahlá hrdla. A hlavně jsme si zvykli na neustálé koupání a tahání věcí z vody.

Čtvrtý den jsme se cvakli už jen jednou. Já šel pod vodu celej a z Hopáka zůstaly suchý jen dva prsty na ruce. Což bylo dobře, neboť v nich držel zapálenou cigaretu. Vytáhli jsme loď na břeh, pochytali věci, Hopák pomalu dokuřoval a společně jsme usychali na sluníčku.

„Budeme jí říkat Kejvej," pronesl tiše. „Je to dobrý jméno," potvrdil si vzápětí svoje kmotrovství a típl vajgl.

Vytáhl jsem litrovku Božkova, otevřel láhev a trochu té životodárné tekutiny vylil na Kejvej.

„Jo, tohle jméno na ní přesně pasuje," přikývl jsem a zatroubil na láhev jako na zlatou trumpetu.

Od té chvíle pokřtění Kejvej poslouchala jako vycepovaný psíček. Konečně jsme si naplno užívali řeku.

Pohodový den pomalu končil, slunce se začínalo klonit k obzoru a na pravoboku se jako na zavolanou objevila malá loučka a za ní les.

Přirážíme ke břehu. Na louce se už táboří a Kejvej samozřejmě budí zaslouženou pozornost. Ale protože jsme už zvyklí na popularitu, děláme jakoby nic a stavíme stan. Teprve potom se jdeme seznamovat.

Parta tábořící na louce nebyla ani tak partou, jako rodinným klanem. Patriarcha, matka rodu, starší a mladší dcera, do klanu byl přizván i nápadník jedné z dcer.

Naše seznamování se nijak neprotáhlo, protože nás prudká letní sprška zahnala do stanů, ale druhý den jsme jeli společně a docela zvesela. Trochu mě začaly znervózňovat pohledy jedné z dcer s krásným vodáckým jménem Kačenka. Nejsem nijak vztahovačný, když se na mě hezká ženská podívá, nemívám hned pocit, že se mi s prominutím cpe do postele, ale tady jsem Kačenčin zájem začal opravdu vnímat. Kačenčina zájmu si všiml i Hopák, který potichu, leč důrazně podotkl, že nehodlá zase za kuropění opouštět tábořiště a vydávat se na osamocenou plavbu mlžnou ranní řekou.

Narážel na starý příběh, kdy byl na lodi s Leem, kterému se jedné noci podařilo na Vltavě ulovit sexuální skalp jakési přítulné pionýrky z vodáckého oddílu. Sranda nastala ve chvíli, když zjistil, že nejde o praktikantku, ale opravdu o pionýrku a že jí je teprve čtrnáct. Z šoku nad tím prozřením vykopal háčka Hopáka ze spacáku, donutil ho nalézt do lodě a po anglicku zmizet. Po zbytek plavby si před oddílem nezletilých museli udržovat bezpečný náskok.

Pozdě odpoledne nám do plavby opět vstoupila louka, tentokrát lemovaná lesíkem. Nebyl na ní nikdo, ani cedule o zakázu táboření na soukromém pozemku.

Dalším bonusem byl až příliš krásný večer u společného ohně. Naše plavbou těžce zkoušená kytara našla další dvě kamarádky. Přišlo mi to jako návrat do starých dob, kdy kytary zněly z každé lodě i louky, dostavila se nostalgie.

Chvilku jsem se kochal muzikou, chvilku pohledem na hvězdnatou oblohu a nasával vůni řeky a snažil se nezírat na Kačenku, protože zastávám názor, že normální dospělej chlap by neměl blbnout z holky, která by mohla být jeho dcerou, ale když začala hrát písně starší než ona a byly to ty samé, co jsme hráli *tehdy* i my, svalil jsem se na bok, podepřel si hlavu a kochal se pohledem na líbeznou zpěvačku. Občas o mě štrejchla pohledem, který mi byl povědomý, jen jsem nemohl přijít na to, odkud ho znám. Spustila písničku o brize Ariel... A já si vzpomněl a obešly mě mrákoty.

Zase jsem měl očima ten dávný večer, kdy jsem stál ve tmě, mimo zář ohně a díval se na profil krásné černovlasé holky hrající na kytaru píseň o brize jménem Ariel a věděl jsem, že jsem se právě zamiloval. Jenže připlula s jinou partou a nebyl jsem si jistý, jak moc si ji budou hlídat. Přišel ke mně Hopák, chvilku se vědoucně pochechtával, už se mu i trochu leskly oči a nakonec mě plácnul přes rameno se slovy: „Ty vole, nebuď přece blbej, taková kočka a pořád po tobě koukala, když jsi ještě byl u ohně. Jdi do ní, přece ji nenecháš zejtra odplout. Já ji s tebou pak po řece honit nebudu. Dělej, neštvi mě, vole, nebo to s ní zkusím já!"

Hrozba zabrala, černovláska taky a po čase mi Hopák šel za svědka na svatbu. Naše manželská kanoe měla na přídi hrdě napsané jméno Ariel, jen jsme tehdy ještě nevěděli, že díry do lodi neudělá jen přehlédnutý kámen v řece, ale i v protisměru jedoucí kamion, ve kterém utahanej řidič zrovna usnul za volantem.

Najednou jsem neležel, ale seděl a bylo mi o dvacet let míň a už jsem věděl, odkud ten pohled znám. Kačenka dohrála a pak se na mě nečekaně podívala, a když viděla, jak se tvářím, bylo i v záři ohně poznat, jak zrudla a sklopila zrak zpátky ke zpěvníku a pak zase nesměle ke mně.

Byl jsem naprosto odvařenej. Vstal jsem, malátně došel k řece a zhluboka se nadechl, pohlédl vzhůru k noční obloze, na které se hvězdy najednou rozmazaly do jedné velké mlhoviny.

Po nějaké chvíli jsem vedle sebe ucítil pohyb, potom se ten někdo zastavil.

„Hele, já vlastně nemám ještě rozbaleno, tak můžeme cajky naházet do Kejvej, dát si noční jízdu a cestou sprostě pokřikovat na rusalky, co ty na to?" pronesl Hopák poněkud zastřeným hlasem.

Mlčel jsem, ale z mlhoviny se zase pomalu stávaly hvězdy a z louky byla slyšet další píseň. Řeka nám šplouchala u nohou a od Hopáka zavanula vůně rumu.

„No a pak tu ještě máme litrovku Božkova…"

Půlka z ní padla za vlast hned na místě a tu druhou jsme donesli k ohni.

Ráno jsme na řeku vyráželi jako první. Patriarcha klanu nám na rozloučenou napsal na útržek papíru mailovou adresu a věnoval ji Hopákovi s tím, že tak veselý brachy, co se tak přátelsky podělí o dobrý rum, musí ještě někdy vidět. To vše ukončeno kolektivním zalamováním palců a hubičkováním. Kačenka s úsměvem nastavila ústa a já ji lehce políbil na tvář. Byl už zase normální slunečný den a mezi ním a předešlou nocí uběhla strašná spousta času. Celých dvacet let.

Nasedli jsme, zvedli pádla na pozdrav a odpíchli se, znovu jsme se pustili po proudu. Ne ale na dlouho, prvním volejem byla hladina Orlické přehrady. Dali jsme voraz a Hopák si zapálil cigaretu. Vítr, který mi foukal do zad, nejprve přinesl vůni cigára a pak hned zbytky spáleného papírku.

Líně jsme pozorovali od sebe se vzdalující břehy a nechali se kolébat naší Kejvej, až Hopák náhle předpisově zahlásil: „Během naší plavby se nic mimořádného nestalo."

Michael Antony – Tony

Divoká plavba

„Zaber a pak přitáhni," křičel na mě Flint ve snaze přeřvat kra-
vál, kterej dělaly peřeje kolem nás. Sobotnice byla rozvodněná
a řítila se svým úzkým údolím jak Šanghajskej expres. A my
s ní. Seděl jsem v Pálavě Princezna na háčku, Flint na kormi-
dle a oba jsme měli plný ruce práce s odrážením šutrů a klič-
kováním mezi nima, do toho jsme každou chvíli zalehává-
li do lodě před lávkama a kládama přes potok. Ostatním se
vedlo podobně. Na laminátce, pokřtěný Kikina, zápasil Čes-
nek s Vejrem na háku, kousek za nima srdnatě pádloval Hároš
na kajaku Hurikán, druhej kajak jménem Ropucha řídil Has-
trman.

Celý to byl Hárošovo nápad. Ten starej vodák přišel jedno-
ho dne s myšlenkou, že jestli chceme opravdu poznat roman-
tiku průkopníků drsnýho severu, musíme zažít pocity zla-
tokopů, rvoucích se s divokýma aljašskýma řekama. Necha-
li jsme se ukecat. Byl březen, na březích Sobotnice ležel ještě
sníh, kterej přímo před očima tál a posiloval už tak prudkej
tok potoka. Vypluli jsme od Novýho mlejna, od silnice z Me-
todějů do Radostína a hned od začátku to jelo jako po másle.

„Lávkáááááá," ozval se před náma jekot Hároše, když
jsme míjeli trampskej kemp s boudou na Špinavce. Měli jsme
to tak akorát – zalehnout do lodi a pak už jenom pozorovat
konstrukci zespodu, což se jenom tak našinci nepoštěstí. Ale

na nějaký kochání stejně čas nebyl, hned za lávkou byla zatáčka prudce vlevo a voda pak padala rychle dolů kamenitým korytem, se skálou na pravoboku. Hárošův Hurikán už byl vepředu a zmizel nám za zatáčkou.

„Bacha, bude tam jez," křičel na něj Česnek z Kikiny, která se za lávkou prosmýkla před nás. Jazyk nás vcucnul za nima do další zatáčky a už jsme je viděli, jak zuřivě pádlujou napříč proudem ke břehu. Stihli to tak akorát před kládou, která ležela sotva patnáct cenťáků nad vodou a na který visel Hároš. Zoufale se držel rukama i zubama, který měl zahryznutý do kůry. Využili jsme Kikiny jako nárazníku a odrazili Princeznu od její záďě směrem ke břehu. Vyskočil jsem z lodi a chytil ji za příď, Flint mezitím chytal Hastrmanovu Ropuchu, která se do toho zmatku vřítila jako poslední. Vydal jsem se na pomoc Hárošovi, ale Česnek už mu klackem rozevíral čelisti a spolu s Vejrem ho vyprošťovali ze stromu. Za chvíli jsme už všichni byli na břehu a přetahovali lodě.

„Hlavně že mi hlásíš jez, když je tady kláda," prskal Hároš kůru a lišejník a díval se vyčítavě na Česneka.

„O kládě jsem nevěděl, ale ten jez je tady, po sto metrech," hájil se.

Šli jsme se na něj podívat. Byl sotva půl metru vysokej s dřevěnou korunou, v jejímž prostředku byla ďoura, která tvořila pohodovou šlajsničku končící v peřejkách pod jezem. Prostě k nakousnutí.

„Super," jásal jsem při tom pohledu, „jedem jako první, vy nás vyfotíte, pak přistanem a já vyblejsknu vás. Budou akční fotky, ty se budou v kronice vyjímat!"

Vrazil jsem foťák Hárošovi, hupli jsme s Flintem do lodi a najížděli na jez. Sjet ho, stejně jako peřeje pod ním, nebyl žádnej problém. Ten nastal při přistávání. Jak jsem slíbil, chtěli jsme přistát a vyfotit průjezd zbylých lodí. Proud byl ale dost rychlej, takže když Flint namířil příď Princezny ke břehu, voda nás kousek snesla a špičku nám zapíchla do změti kořenů trčících nad vodu. Tam se příď zachytila. Pokusil jsem se pádlem od břehu odrazit, ale zabodlo se do měkký hlíny a měl jsem co dělat ho dostat ven.

Proud nám vzal záď a postavil nás napříč korytem. O vteřinu pozdějc už jsme plavali ve vodě, naštěstí jí bylo sotva po kolena. Flint chytil loď a já pronásledoval odplouvající loďák. Do toho radostně na břehu křepčil Hároš, fotil jako o život a hulákal: „Úžasný akční fotky, to vám bude každej závidět."

Hodil jsem po něm loďák, kterej jsem konečně vylovil, a vyšplhal se z tý ledárny.

Hároš mi předal foťák a odklusal ke svýmu kajaku. Všechny další lodě projely bez problémů, taky díky tomu, že nemusely přistávat. Vylili jsme vodu z naší kocábky, bafli pádla a jeli za nima.

Další lávka nás čekala u Noháčova mlejna, dala se tak tak podjet, zleva se hned za ní vlejval zvednutej Radostínskej potok a kousíček za soutokem byla prudká zatáčka vpravo s převislou skálou nalevo. Měli jsme plný pádla práce. Dalších pár kiláků byla jedna velká peřej až k Lukýnu, kde je silniční most. Břehy jsme měli v tý rychlosti rozmazaný, ale bylo hrozně zajímavý, jak to údolí Sobotnice vypadá z vody úplně jinak, než ze břehů. A to jsme ho už mockrát proťapali pěšky! U mostu na Lukýn jsme si dali pauzičku.

„Tamhle dole bacha, vlejvá se tam Zmijovka," upozorňoval nás Flint, „kope to tam."

„Pozor na její jedovatej jazyk!" varoval temně Hároš.

Osvěženi grogem jsme vypluli. Natěšenej Hároš jako první, kousek za ním Kikina, pak naše Princezna a eskadru uzavíral Hastrman na Ropuše.

Sjížděli jsme k soutoku a najednou Flint povídá: „Hele, co blbnou?"

Vůbec jsem si nevšiml, jak se to stalo, ale ve vodě přede mnou byla převrácená loď a kolem se cachtali Česnek a Vejr. Koukali jsme po nich a přestali dávat pozor na ten přítok, kterej to celý způsobil. Dal o sobě razantně vědět. Bylo to, jako kdyby nám do dna kopnul mořskej kůň nebo nás nabral ocasem vorvaň. Zase jsme byli ve vodě. Jak nás tak proud odnášel, na jednom kořeni jsme viděli Hároše, kterej visel za jednu ruku a druhou držel kajak. Pak se kolem nás prohnal Hastrman, kterej jako jedinej ustál soutok bez pohromy.

„Je to vůbec zdravý, takhle se na jaře koupat?" pochechtával se nám, „ale zase, když vás to baví, já klidně počkám."

„Počkej, taky na tebe dojde," syčel na břeh se drápající Česnek, „a jestli ne, tak tě tam osobně vyklopím!"

„Zapomeň na to, že bych se udělal! My, co to umíme, nemáme takový koupele zapotřebí. A léčit si svoje mindráky agresivitou je zbabělý," odpověděl Hastrman a prudce zabral pádlem, aby ujel před Kikinou, která se na něj řítila, protože její posádka si očividně hodlala vyléčit mindrák.

Jelo se dál. Neujeli jsme ani kilometr a přišla další pohroma. Byli jsme v tý době na špici a před náma se objevila kláda, tak půl metru na vodou, hned za ní velkej šutr uprostřed řeky. Podjeli jsem ten klacek a před kamenem to vzali prudce vlevo. A to byla chyba, protože hned za ním se na levý straně objevila hromada roští přímo v proudnici, zatímco pravá strana byla průjezdná. Zkusili jsme to ještě přepádlovat, ale už nebyl čas a tak nezbejvalo, než dobrovolně opustit loď dřív, než ji s námi proud převrátí. Oba jsem naráz vyskočili a díky tomu jsme dokázali věc, o který jsem si myslel, že je nemožná. Potopili jsme nafukovačku! Jak jsme totiž vyskakovali, naklonila se na bok a proud ji zalil a stáhnul dolů pod roští. Šla ke dnu líp než Titanic. Ven nás jí tahalo všech šest, ale bez šance. Nakonec mi nezbylo, než se v tý svěží jarní vodě potopit, pod vodou nahmatat ventily, vypustit ji a pak mezi roštím protáhnout. Začínal jsem toho mít dost, ale do cíle nám ještě kus cesty zbýval.

„Potápění je dneska hodně populární. Viděl jsi tam dole nějaký korály?" neodpustil si Hastrman špičkování, když viděl že jsem grogy a na nějakej fyzickej útok nemám energii.

„Ne, ale je tam dole spousta utopenejch kajakářů, co měli blbý kecy," vzmohl jsem se na, ne moc vtipnou, odpověď.

Silou vůle jsem se dokopal nasednout do lodě, kterou kluci mezitím dofoukli a s Flintem, tentokrát na háčku, se pokračovalo. Jeli jsme trochu nakloněni, v levým válci byla voda. Nový překvapení, tentokrát na Hárošovo účet, nám Sobotnice připravila za další zatáčkou. Další strom ležel ve vodě, tentokrát těsně pod hladinou.

„To přejedem," křičel Hároš a zuřivě pádlem tepal vodu, aby nabral rychlost.

„Ty vole, to nepůjde, je to vysoký," zařval tak dva metry před překážkou a pokoušel se zabrzdit. Marně! Voda ho vzala, surově třískla s Hurikánem o kládu a otočila ho dnem vzhůru. Hároš zmizel pod vodou! Během několika vteřin jsme byli s Flintem zase ve vodě a snažili se zoufale vytáhnout kajak i s Hárošem na vzduch. Až po několika desítkách vteřin jsem si všimli, že zachraňovaný už vesele krauluje dál po proudu a mává nám. Spad nám kámen ze srdce, kajak jsme pod vodou podstrčili pod tím stromem a pustili ho za Hárošem, ať si ho chytí sám, když nás tak vyděsil. Když jsme ho dojeli, pořád se ještě zubil:

„To je v pohodě, vůbec nic to nebylo!"

„To bych neřek," podotknul Vejr, „máš na hlavě hlínu!"

Pak už se charakter potoka měnil, zmizely peřeje, voda se zpomalila a přibylo meandrů. Plavba se chýlila ke konci a bylo načase, protože většina z nás už sotva udržela pádlo, Princezna jela nakloněná kvůli vodě ve válci, do Kikiny teklo asi šesti dírama a i na plastovým Hurikánu přibylo pár hlubokejch šrámů. Jenom ten mrzák Hastrman byl pořád bez úhony, když nepočítáme pár odérek na Ropuše a pádlu. Ale osud chtěl, že to tak nemělo zůstat.

Půl kilometru od cíle jsme vletěli do meandru, kterej na chvíli obracel tok Sobotnice do protisměru a vzápětí zase zpátky. Na hladině se dělaly květáky jak volský hlavy a půl metru od břehu na výjezdu z meandru byl pařez, následovanej barikádou z naplavených stromů a křovisek. Vjížděli jsme tam tentokrát jako třetí. Tou dobou byl už Hároš s lodí pevně zapasovanej mezi břeh a pařez a soukal se ven, u protějšího břehu se za kořeny drželi Česnek a Vejrem a snažili se vytáhnout se i s lodí na břeh. Nám se povedlo špičkou šťouchnout Hárošovi do zádě a najet na ten pařez. Zůstali jsme stát s uvízlou lodí a v klidu čekali, až se vyškrábe ven a my budeme moct na břeh za ním. Tou dobou i Česnek s Vejrem už byli bezpečně na suchu a uvazovali loď. Poslední tam vletěl Hastrman. Prudkým odrazem využil Princeznu jako airbag, stočil se napříč proudem, špička se mu zachytila za uvázanou Kikinu a konečně i on šel do studenýho živlu. Ropucha hlavou dolů dojela k barikádě a tam vyskočila nahoru. Samozřejmě prázdná. Koukali jsme na vodu, ale Hastrman se pořád nevynořoval.

„Co budeme dělat?" zeptal se Flint.

„Odpočítáme 30 vteřin," lakonicky odvětil Hároš.

„A pak pro něj skočíme?"

„Blbneš? Do takový ledárny?" pohoršil se Hároš, „tam už mě nikdo nedostane. Budeme počítat dál!"

Hastrman se vynořil skoro po minutě, pomohli jsme mu na břeh a začali mu vracet všechny ty jeho poznámky, kterejma nás častoval při našich koupelích.

Neodpovídal, poulil oči a vypadalo to, že nemůže popadnout dech. Bouchli jsme ho s chutí do zad. Začal se kuckat a zrudnul v obličeji.

„Bude blejt," upozornil Česnek, kterej mezitím s Vejrem přejel pod meandrem na náš břeh.

Reflexivně jsme udělali všichni krok vzad. Hastrman už měl oči vypoulený tak, že by z fleku mohl hrát vodníka, nebejt jeho červenofialový barvy v obličeji. Potom se mu něco začalo sunout krkem nahoru. Začal se dávit.

„On tam snad spolknul rybu," šokovaně to komentoval Česnek a s mohutným rozmachem uhodil nešťastníka do zad.

Ten zhluboka heknul a k nohám nám něco dopadlo. Nebyla to ryba. Bylo to růžový, oslizlý, tříáslo se to zimou a mělo to křídla. Na zemi před náma ležel andělíček, kterýho tam dole, pod vodou, Hastrman spolknul.

Jan Frána – Hafran

Když kytky kvetou navečer

Prosinec končí svou sychravou jízdu k Novému Roku, na oknech mráz vykreslil první kytice a dřevo ve starých litinových *amerikách* vytváří skoro neopustitelnou atmosféru útulnosti a lenivého blaha. Jenže dneska je Silvestr a nám zrovna došlo pitivo. Za poslední dva dny jsme na téhle staré chalupě pod Jizerkami stihli oslavit mé březnové narozky, 1. Máj, Apríl a dokonce i VŘSR. S nalezenými vojenskými helmami, dětskou kuší a samopalem, co dokáže za skrovné pomoci petard vystřelovat špunty od vína, jsme si to prostě nemohli odpustit.

Chalupa je rodičů Boba. Hospodařil na ní už jeho pradědeček a tak je plná historie. Ve starobylých kredencích ručně malované hrnečky, půda plná prvorepublikových obráběcích strojů a pod postelemi jak vystřiženými z pohádky spousta krámů a harampádí, které tam v průběhu desetiletí zašantročily nebo schovaly děti, a že si jich tu hrály spousty. Jenže to také znamená, že co se uchovalo po generace, na to jsou Bobovi rodiče patřičně hákliví. K pořádání Silvestrovské oslavy svolili po několika týdnech přemlouvání a Boba učinili osobně zodpovědným pod hrozbou utrhnutí hlavy, že až odsud ta zběsilá banda vodáků odjede, nebude se stav chalupy a zařízení od stavu původního lišit ani o jediný mastný flek. Čímž byl Bob dočasně povýšen na absolutního náčelníka. Kvalifikaci má pro tuto funkci naprosto bezchybnou. Je to hromotluk a bývalý karatista. Ještě že je to především kamarád.

„Jde se pro zásoby,“ zavelel Bob a snesl z půdy rozhrkaný dvoukolák. Naložili jsme *ameriky* palivem a brodíme cestu k jedinému krámu ještě z noci ojíněným listím. Cesta se vine kolem potoka, tři metry široké, vyzděné koryto dává tušit, že tady mají s jarní vodou letité zkušenosti. Ale do té je ještě daleko.

„Támhleten šutr bych vzal zprava, hned pod ním bych to vodkop nalevo, abych se vyhnul tý mělčině, pak bokem skočit tuhle hrázku, tybrďo, už aby bylo léto,“ zasnil jsem se, mnohonásobně si pro sebe zvětšujíc proudnici potoka. „Na léto čekaj jen měkouši,“ odtušil Bob. „Když ti splaším loď, tak to dáš hned, ne?“ provokuje. *Jsme v podstatě na horách*, říkám si. *Kde by tu vzal loď*. „No že váháš,“ frajeřím a v hlavě mám léto, vřískání holek na splavu, duté nárazy pádlem do boku lodi a řev retardační šlajsny.

Dvoukolák se plní lahvemi roztodivných obsahů, moc jim toho v krámě nezbylo, takovou bandu nečekali. Táhneme zpátky, Bobův fousek neurčité barvy vyštěkává všechny voŕechy z okolí, z komína se čoudí, *ameriky* hned tak nevyhasnou. Holky jdou mazat jednohubky, kluci k sousedovi do studny pro vodu a naštípat starou slívu, Bob zmizel kamsi na půdu mezi dědovy řemeslnické hračky a babiččiny almary. Kytice na oknech uronily slzu pod úsměvem zubatého slunce, které na chvíli vykouklo z trhliny v šedivých mracích.

Na druhých kamnech už bublá voda na grog a první chlebíčky zmizely ve zdánlivě bezedných žaludcích. „Čum na to, kapitáne,“ stojí najednou ve dveřích vyškleb́enej Bob a vítězně zvedá jednou rukou dětskou nafukovací vikingskou loď, v druhé ruce malý štít a umělohmotný meč. „No to si děláš prču… Uka,“ hrnu se k objevu. V pokoji vypukla vodácká vřava. Už je to jasný. Teď je to na mně.

Dno má ta parodie na kocábku zplihlé, ale postranice se tváří, že drží tvar. No nazdar. Ten excentrik mi dokonce našel i plavky, i když podle módy z dob Napoleona. Celá banda asi patnácti vodáků je jako na jehlách, zlomyslně poskakují okolo a viditelně se na tu taškařici ukrutně těší. „Když to dáš, můžeš si pak zakouřit v chalupě, abys nemusel ven," dodává velkodušně Bob malý bonus. I jeho fouska uchvátila atmosféra vzrušení, lítá kolem rozjařené party a na všechny štěká. Tak to vypadá, že z toho se nevykroutím. Jdu si navléct stařičké plavky.

Vydáváme se k místu, kde se dá vlézt do koryta potoka a s každým krokem je kolem chladněji. A už je tu potok, mrazivě se žene přes kameny a já mám pocit, že je aspoň mínus dvacet. Pocit zesiluje, když svlékám první svršky. Tak šupem, ať to mám rychle za sebou. Odhazuju poslední fuseklí a rychle se spouštím k vodě, kde mi Bob ze břehu přidržuje keňu. Přehazuju přes ní nohu, abych mohl obkročmo usednout na dno.

Sotva se zadel dotkla dna a přejala váhu celého těla, nafukovací postranice (při největší snaze se nedokážu přinutit říkat jim lodní borty) se prohýbají a špička a záď lodi se sklápí k sobě jako zavírací nůž, což má předvídatelný účinek. Silvestrovsky vytemperovaná voda se ze stran hrne proudem přímo k místu, kde schraňuju orgány ze všech nejcitlivější. Řev síly smečky fotbalových chuligánů se mi podařilo ztlumit do táhlého, vydatného zaúpění. *A pryč, nebo jsem bezdětnej,* prolétlo mi hlavou. Leč torzo, loď už teď jen vzdáleně připomínající, pevně sedí na dně, jsa zatíženo mými osmdesáti kilogramy živé váhy.

Snažím se popposkočit na hýždích ve snaze zrádné plavidlo nadlehčit. Prasklé dno tedy rozhodně žádnou protinárazovou ochranu neskýtá, ale urazil jsem asi půldruhého metru. Konečně Boba jal soucit. „To je dobrý, ty joudo, koukej vylézt, než ti zmrznou děti," povídá. S úlevou se spěšně drápu z koryta. Hurá, mám to za sebou! Bob to má vymyšlený. Čeká na mě s vaťákem, zjevně z období výroby těch starobylých plavek.

V chalupě svlékám mokré gaťky téměř za běhu a skáču pod peřinu šipkou. Kamarádi berou zpětně můj výkon překvapivě vážně. Najednou držím rum a zapálené cigáro, přikládají do kamen a chalupa se mění v saunu. Protestovat nebudu. Koneckonců, vlastně jsem měl včera narozky. I když jen virtuální.

Osmkrát vykvetly okenní kytice, všichni jsme se trošku zakulatili, ale přijde mi, že jinak bylo všechno stejný. Pořád jsme byli postižení divokým kouzlem řek, dokonce už jsme je sjížděli i uprostřed zimy a o povodních. A ještě nikdy nikdo nás zachraňovat nemusel.

Kruise jsme potkali na Otavě. Byl mu fakt podobnej, zfleku by mohl prorazit v Halyvůdu. Nebo aspoň na Barrandově, i když anglicky švihal, jak když bičem mrská. A k tomu s přízvukem jako origoš Amík. Taky na kytaru hrál skvěle. Líp než já, a to jsem léta dřel hodinu denně. Měl zkrátka talent. Zpíval jako Bůček. A jakoby to nestačilo, hudební teorii měl v malíku, reprezentoval republiku ve volejbalu, študoval vejšku a holky se na něj jen lepily.

Převzal celkem přirozeně roli lídra party, ani se nemusel moc snažit, jenom to pořádání akcí zbylo na mě. Na něj to bylo moc práce. Jenže někdo to dělat musí, jinak se každá parta časem rozpadne. Kdyby se rozpadla ta moje, Kruis by si rychle našel další a já bych podobné postižence těžce hledal po zbytek života.

Pak jsme se s Bobem dohodli, že bychom mohli Silvestr po pár letech zase uspořádat na jeho chatě v podhůří Jizerek. Byl jsem čerstvě zamilovanej a vysněná Adriana naznačila, že pojede taky. Ukrutně jsem se těšil a před Silvestrovským víkendem jsem vzrušením skoro nespal. Na místě srazu jsem byl první. Hned jak jsme nastoupili do vlaku, vytáhl Kruis klofnu a nasadil dlouhou sadu písní „oplodňováků". To už jsem znal. Rozhlédl jsem se kolem, ke komu směřují Kruisovy balící pohledy tentokrát a krutě mi zatrnulo. Tak to ne! Adrianu jsem si přivedl já!

Jenže takhle to obvykle nefunguje. Adriana už si jeho pohledů všimla a evidentně jí nevadily. V žaludku se mi začalo svíjet klubko chřestýšů a krev mi vystydla, že by se v ní dalo chladit pivo. Láska je jediná věc, která ze mě dokáže udělat Herodesa kříženého s Kainem a padesátkou nindžů. To si říkám pro povzbuzení. Ve skutečnosti jsem v podstatě pro ženský hodnej trouba a proti protřelému Casanovovi nemám šanci. Ale přiznat si to, tak bych v životě nevyhrál vůbec nic.

Než jsme dorazili na chajdu, stihl Kruis nonšalantně a nenásilně mezi řečí zdůraznit všechny svoje přednosti a naznačit i několik dalších, o nichž jsem věděl, že jimi rozhodně neoplývá. O tom, že jsem do Adriany blázen, věděl a vůbec si s tím hlavu nedělal. Okázale mě ignoroval. Vždycky byl individualista a ostatní ho zajímali jen do té míry, do které mu projevovali uznání a obdiv.

Venku už se setmělo a na oknech zas vykvetly podvečerní ledové květy. Ani jsem se nepokochal jejich krásou, celý večer jsem bezmocně sledoval zdaleka ne kradmé Kruisovy pohledy na Adrianu a se zděšením viděl, že je má blonďatá kráska opětuje čím dál častěji. Ještě že jsme spali všichni v jedné místnosti a Kruis si nemohl Adrianu na noc někam odtáhnout. Všechny ostatní místnosti v chalupě totiž měly teplotu eskymácké mrazničky.

Ráno jsme se probudili do hustého sněžení a mrzlo, až drnčely okenní tabulky. Zásoby opět zařvaly hned první večer a protože se venku čerti přímo rozváděli, nabídl se Bob, že skočí pro zásoby sám. „Jdu s tebou" odtušil Kruis. „došly mi cigára a kdoví, co tam budou mít za šunty." A Adriana, že prej musí taky něco koupit. Nemohl jsem je nechat o samotě. Tak jsem vyrazil taky.

Když jsme šli kolem bystřiny s omrzými břehy, najednou se Bob otočí, nenápadně na mě mrkne a povídá: „Jó, tenhle potok jezdí jen ti největší frajeři. Žejo, hombre?" „Jójó," povídám, „támhle u toho šutýrku to totiž děsně kope." Já toho kluka plešatýho miluju. Mám šanci. Teď nebo nikdy.

„Co to plácáte? Vemte mě sem, až bude jarní povodeň a já vám to ukážu," holedbá se Kruis. „Pche," ušklíbne se Bob. „Ti největší frajeři, abys věděl, to sjížděj vo Silvestru!" „To jako fakt, jo? V téhle zimě?" nevěří Adriana. „No, vedeme celkem zbytečnou diskusi, ne? Stejně tu není žádná loď," chce zahnat Kruis debatu do kouta. Skočil na to. Jako já před osmi lety. Všichni se odmlčíme, já s Bobem strategicky a Kruis s falešným pocitem vítězství posledního slova.

Po návratu se Bob ztrácí v hloubi babiččiných skříní. Už ví, kde hledat. Vikingská kocábka je tam, kam jsme ji minule uložili. I štít s mečem. „Vodáci, pozor!" vlítne Bob do pokoje a zařve, až sebou všichni cuknou. „Jede se na vodu!" mává splasklou hračkou.

„No tak to ne. Do tohohle v žádným případě nesednu!" vyměkl Kruis, přesně jak jsem očekával. Za takové znevážení mu Adriana nestojí. *Takovejch kačen ještě bude,* určitě si v duchu říká. „No jak povídám, jenom vopravdoví frajeři," šklebí se Bob. „Kapitáne?" „Plavky máš?" ptám se s úsměvem parainstruktora těsně před tím nejobyčejnějším seskokem.

„Neblbni, dyť budeš nemocnej!" Adriana na Kruise úplně zapomněla a má oči jen pro mě. Pod jejím pohledem pro mě venkovní teplota stoupá o čtyřicet stupňů. „Neboj. My jezdíme vodu v zimě každou chvíli," odtuším sebevědomě, přestože jsme jí jeli jen dvakrát a trpěli jsme jako papoušci na jižním pólu. Načež hrdě odkráčím navlíct si plavky.

Jasně, že jsem to pak tajně odstonal. Ale Kruis už si u Adriany neškrtl. Ten víkend rozhodně ne a pak už byla moje. A navíc tuhle akci nějak nevydejchal. Jel s námi ještě dvakrát a pak si našel jinou partu, kde bylo koho balit. A já měl svý postižence zpátky.

To léto, co bylo ten rok, bylo nejhezčí v mým životě. Byl jsem po proklatě dlouhý době zamilovanej šťastně. Díky Bobovi, jedný horský bystřině a prasklý vikingský lodi.

Jiří Nosek – Pígo

Vodácký slovníček

loď a její komponenty:

zadák / kormidelník – sedí vzadu, loď řídí a ve vodáckém mi-
krosvětě je svrchovaným a absolutním pánem lodi

háček – sedí vpředu a neřídí, takže kromě pohonu lodi má
funkci přetahovací, uklízecí a jakoukoli další mu kormi-
delník přidělí

porcelán – sedí uprostřed, nemá pádlo a veze se

bort / borty – vrchní část boků lodi; kdo se jich chytí v peřeji
nebo šlajsně, obvykle se koupe

šprajc – příčná výztuž lodi, ke které se poutá bagáž

špricka / komínek – guma nebo impregnovaná látka, chrání-
cí loď proti vlnám, jíž se kanoista či kajakář spojuje se za-
vřenou lodí do jediné bytosti

koňadra – „koníčkovací" šňůra, sloužící k přetahování lodi

kolejda – podvozek s koly, na kterém lze loď popovézt místo
neoblíbeného přenášení

barel / konev / lodní pytel (loďák) – má vodákovy věci ochrá-
nit před vodou

druhy záběrů a pohybů lodi:

přitáhnout – pohyb pádlem směrem k lodi, při němž se špička
stáčí na stranu, kde háček přitahuje

odlomit – pohyb pádlem směrem od lodi, při němž se špička
stáčí na opačnou stanu, než kde má háček pádlo

kontra – pohyb pádlem proti směru lodi, jehož cílem je donu-
tit loď k couvání či zpomalení

traverz – pohyb lodi napříč řekou nejkratší trajektorií od jed-
noho břehu ke druhému

cvaknout se / udělat se – ukázat dno lodi nebesům a vykou-
pat se v řece

řeka a její rozmary:
volej – klidná hladina bez zřetelného proudu
šlajsna – část jezu upravená pro sjezd vorů a lodí
retardér / retardačka – šlajsna, v jejímž dně jsou šikmé pláty
  zpomalující vodu
kozy – betonové boky vymezující šlajsnu – to jediné, co vodák
  vidí, když se k ní blíží
zabalák – vysoká vlna se zpětnou rotací na konci některých
  šlajsen
kohout – vysoká vlna
vracák – zpětný proud, vznikající za překážkou v řece nebo
  u břehu
válec – vertikální zpětný proud, zpravidla pod jezem, který
  vrací vodu pod jez

Obsah

Trosečníci řek

V povídkách padají stromy, praskají pádla, kradou se rafty a mystický trosečník vodáka zmámí táhnout proti proudu až do poslední hospody.

Navečer vzduch zavoní kouřem z ohňů a Duch řeky ulehne pod svou kánoi.

Někde daleko v budoucnosti Poslední vodák právě našel svou první loď.

Vodácké duše

Hrdinové selhávají a jiní se rodí, když se údolím žene smrtelné nebezpečí.
Co číhá za tajemnou mlhou? Jaká oběť usmíří ducha v Rožmberku?

Jak může lov na sumce skončit střelbou?
Komu může pes po smrti nosit trepky?

A jak se dostanete domů, když bydlíte od řeky několik světelných let?

Říční polobozi

Říční polobůh Vydroš skáče
pro chmatáky pod jez, černý
zabiják zjišťuje, že český jez je
nebezpečnější než válka, koncertní
mistr objevuje nástrahy vodáckého
ladění a démonický patron řeky
nachází oddanost až za hrob.

Ve tmě pod Prahou nasranej
chlápek právě nastartoval
motorovou pilu...

ebook **Teče tudy řeka**
120 stran ukázek z pěti knih
a jedna povídka v MP3 ke stažení ZDARMA
na adrese
www.kenyhovolej.cz

Drž hubu a pádluj
vodácké povídky

Sazba a obálka Jiří Nosek
www.vydaniknihy.cz
Titulní ilustrace: Pavel Talaš
www.patart.cz
Kolorování: Michael Petrus
www.dev-art.cz

Vydalo nakladatelství Jiří Nosek – KLIKA
v roce 2018 V USA
www.nakladatelstviklika.cz

Vytiskl CreateSpace
Vydání třetí
140 stran
978-80-88298-01-4